1233.

1740

CARACTERES
NATURELS
DES
HOMMES.

En cent Dialogues.

Par Monsieur BORDELON.

A PARIS,

Chez ARNOUL SENEUZE, ruë de la
Harpe, vis-à vis la ruë des Mathurins,
à la Sphere.

M. DC. XCII.

Avec Privilege du Roy.

A MONSIEUR
MONSIEUR
LE COMTE
DE CARNÉ.

ONSIEUR,

Vous portez un nom qui
m'est connu depuis si long-

temps, & que celuy de vôtre
Maison qui me l'a le premier
fait connoître, m'a fait paroître si grand par ses grandes qualitez, & si aimable
par ses manieres obligeantes,
que je me fais un devoir &
un plaisir de le mettre à la tête
de cet Ouvrage. Le cœur que
vous commencez déja à montrer si grand dans un âge si peu
avancé, & dont la grandeur a
toûjours été le propre caractere de vôtre Famille, donne à
esperer que vous rendrez un
jour à cet illustre nom tout
l'éclat & toute la gloire qu'il
a euë dans vos Ancêtres,
que l'on a veus pendant plusieurs siecles, élevez aux plus

EPITRE.

grands Emplois *&)* aux plus importans Gouvernemens du Royaume. Je souhaite que cet Ouvrage vous aide à remplir dans la suite des temps les grandes esperances que vous donnez ; vous y trouverez dans les portraits naturels qu'il vous presentera, des instructions qui ne vous seront peut-être pas inutiles. Permettez que j'y ajoûte que je suis,

MONSIEUR,

Vôtre tres-humble & tres-obeïssant serviteur,

BORDELON.

AVERTISSEMENT.

LE plaifir que j'ai trouvé dans la fréquente lecture des Dialogues de l'Illuftre Monfieur de Fontenelles & de l'enjoüé Lucien, m'a fait croire que je ne pouvois choifir une maniere plus agreable & plus naturelle pour écrire ces Caracteres qu'on m'a demandez, que celle du Dialogue. Je ne me flate pas d'être arrivé au point glorieux auquel font parvenus ces deux incomparables Auteurs; ce fera beaucoup pour moi, fi j'ai liéu de croire que je les ai du moins fuivis de loin : c'eft à leur imitation que j'ai fait ces Dialogues fort courts, & que, pour ne point faire perdre le tems à mes Acteurs en

difcours vagues & fuperflus, on
y vient d'abord au fait. J'appelle ceux que je fais parler, des
Acteurs, parce qu'on peut appeller auffi tous ces Dialogues
des Scenes fort naturelles qui
paroiffent tous les jours fur le
grand theatre du monde, &
qui peuvent inftruire pour le
commerce de la vie civile, en
mettant devant les yeux des
portraits que l'on critique lors
qu'ils font méchans, ou que
l'on loue lors qu'ils font bons.

On trouvera, en lifant, une tres-
grande difference entre ces Caracteres & ceux des mœurs de
ce fiecle dont on vient de donner une fixiéme édition, quoiqu'ils aient quelque reffemblan-
ce dans leurs titres.

Je prie le Lecteur de ne donner aucune interpretation mif-
terieufe aux noms de ceux qui

AVERTISSEMENT.

parlent dans ces Dialogues ; je les ai mis au hazard, comme ils se font presentez à mon esprit, sans prétendre y marquer aucun particulier.

Comme ce Livre s'est imprimé pendant que j'étois à la campagne, & que par consequent je n'ai pû revoir les épreuves autant de fois qu'il étoit necessaire pour le rendre plus correct, il s'y est glissé quelques fautes d'impression, ausquelles on a suppleé par un *errata* qui est à la fin.

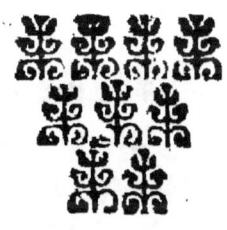

TABLE

DES PRINCIPALES MATIERES
contenuës en ce Livre.

A

ACtion.   page 152
Avocats.   223
Amitié.   38. 67
Amour. 13. 82. 120. &c. 117. &c. 199. 241. 337. &c. 357. &c.
Apparences.   113
Approbation.   109
Attention.   45. 46
Auteurs. 1. 19. 21. 48. &c. 108. 156. &c.

B

Alzac.   231
Bâtimens.   287
Berenice Tragedie.   7
Biblioteque.   39
Bien faire aux gens de merite. 61. &c.
Bons mots. 248. 26. 2. 32. 39. 73. 91. 96. 115. 123. 133. 137. 144. 177. 188. 197. 215. 266. 267. 270. 273. 287.

C

CHarges.   176
Ciceron.   109. 176

TABLE

Citations. 134
Colere. 38
Commencemens. 185
Compagnie. 27. 140
Complaifance. 55. 191
Complimens. 101. &c.
Connoiffance du monde. 45
Des Confolations. 149
Confolation pour un innocent per-
    fecuté. 68
Contes. 299. &c.
Converfation. 44. 45
Courtifans. 138
Critique. 7. 73. &c. 108. &c. 154. 156.
    &c. 181. 256.

D

D Amocles. 55
  Defiance. 37. 66
Dépenfes. 112
Dignitez. 144
Directeur. 217
Diftractions. 46
Douceur. 63. &c.

E

E Ducation. 46. 47. 93. &c.
  Elevation. 54. &c. 57. &c. 65. 90.
  &c. 179, 307. 348. &c.
Eloquence. 115
Enfans. 93. &c. 96. &c. 126

DES MATIERES.

Envieux.. 24. &c. 150. &c. 169. &c.
Epigrammes. 17. 120. 199. 227. 249
Epîtres dédicatoires. 99. &c.
Erasme. 100
Essais de Montagne. 196
Espagnols. 271
Etablissemens nouveaux.. 116
Etimologie d'un Proverbe.. 30. 31
Exactitude. 185
Exemple. 141
Experience. 143
Exterieur. 141

F

Familiarité. 4
Faux Sçavans. 234
Femmes. 13. 105. &c. 118. &c. 187. 217.
234. 230
Fermeté. 176
Fierté 188. 281
Flateurs. 69. 281
Fortune. 60
Foy. 211
François.. 278

G

Alant ridicule.. 76
Generosité. 36
Gloire. 15. 114
Grandeurs. 16. 54. 57. 69. 90. &c. 113.
144
Grec. 22

TABLE

H

HAbileté.	4
Haine.	82
Homere.	73
Hommes.	13
Honneurs.	16
Humiliations.	216

I

JEunes gens.	96. &c.
Ignorans.	213
Inclination naturelle.	64
Incredules.	259. &c.
Indignation.	168
Innocence.	66
Intereſt.	236

L

LIvres.	1. 21. 22. 158. 396. 256
Loüanges.	102. 103. 109
Lucien.	69. &c.

M

MAlherbe.	248
Manieres.	275
Maris.	238
Mathematiques.	83
Maximes.	65. 128
Medecins.	203. &c. 263
Melancolie.	147
Menſonge.	311

Merite. 60. 61
Mêtier de badinage. 78
Morale outrée. 123. &c.
Mort 205

N

NArrations. 275

O

OPiniâtreté. 89
Oracles. 87
Orgueil. 34. 80. &c. 172
M. Ozanam. 85. 86

P

PArole, 51. &c.
Partifans. 2
Parures. 13. 105. &c.
Pau 137
Pauvres. 287
Pedans. 72
Plagiaires. 2. 254
Plaifirs. 70
Poëte. 48
Pour plaire. 283
Precieufe. 27. &c.
Précautions. 66
Princes. 63. 138
Prudence. 37
Public. 156

TABLE

Q

Querelles entre serviteurs. 41

R

Raillerie. 41. 42. 245. &c.
Rapports. 242. &c.
Receuils. 2
Réflexions. 35. 59. 292
Regles. 9
Relation d'un voiage d'Espagne. 276
&c.
Religion. 138. 220
Reparties. 267
Repos. 227
Reputation. 4. 10. 23
Respects 114
Retraite. 290
Richesses. 57. &c. 193. 228. 303
Rodomontades. 296
Rudesse. 255
Ruïne des familles. 112

S

Sarrazin. 17
Saumaise 255
Sçavans. 76. 96. 101. 151. &c. 89. 293
Seneque. 180. &c.
Services. 235
Serviteurs. 42 43
Severité 63. &c. 126. 255

DES MATIERES.

Sixte V.   214 &c.
Sonnets,   118. 127
Stances.   11
Suborneurs.   193
Subtilitez grammaticales   72
Surprises   66

T

TEntations.   192
  Theatre   8
Traductions.   71
Tristesse.   147

V

VArron.   109
  Verité.   224
Vertu.   131
Virgile.   109
Voiture.   11. 18. 252
Voiages.   207. &c.

Z

ZEle.   211. &c.
Zeuxis.   22
Zoïle.   73

Fin de la Table des Matieres.

Extrait du Privilege du Roy.

PAr grace & Privilege du Roy, en datte du onziéme Aoust 1691. Signé par le Roy en son Conseil LE NORMANT; Et scellé du grand Sceau de Cire jaune, il est permis au Sieur Bordelon de faire imprimer, vendre & debiter par tel Imprimeur ou Libraire qu'il voudra choisir, *Les Caracteres naturels des hommes*, en un ou plusieurs volumes conjointement, ou separement, durant le temps & espace de huit années, à compter du jour que chaque volume sera achevé d'imprimer pour la premiere fois; avec défenses à toutes personnes de quelque qualité & condition qu'elles soient, d'imprimer, vendre ou debiter ledit Livre ou partie d'iceluy, sous quelque pretexte que ce soit, sans le consentement de l'Exposant ou de ses aians cause, sous peine d'amande arbitraire, confiscation des exemplaires contrefaits, & de tous dépens, dommages & interests, ainsi qu'il est plus au long porté par lesdites Lettres de privilege.

Registré sur le Livre de la Communauté des Libraires & Imprimeurs de Paris, le 21. Novembre 1691. ledit Sieur sera averti que l'Edit & l'Arrest du mois d'Aoust 1686. concernant la Librairie, ordonne que le debit des livres se fera seulement par un Libraire ou Imprimeur. P. AUBOÜYN, *Syndic.*

Ledit Sieur Bordelon a cedé son droit du present Privilege à Arnoul Seneuze Marchand Libraire, suivant l'accord fait entr'eux.

Achevé d'imprimer pour la premiere fois, le 4. Decembre 1691.

Les Exemplaires ont été fournis.

CARACTERES

NATURELS

DES

HOMMES.

DIALOGUE PREMIER.

EPHIRION, CYMODORE.

EPHIRION.

UAND on fait l'éloge de vos Livres, on fait en mê-me - tems l'éloge de plu-sieurs autres.

CYMODORE.

Je comprens vôtre bon mot, Ephi-rion ; vous voulez dire que les pen-sées des autres dont je me sers dans

A

mes ouvrages en font le principal
merite. Il eſt vrai que les recueils
que j'ai faits de ce qu'il y a de meilleur
dans les Anciens & dans les Modernes,
ne me ſervent pas peu à compoſer ;
mais je m'en rends proprietaire par
l'uſage & par les diverſes applications
que j'en fais , autant que par les differens tours que je leur donne, & il ſemble même que le public les trouvant
ainſi placez ne les reconnoiſſe plus ,
y prenant autant de plaiſir que s'ils
lui étoient nouveaux , & s'il ne les
avoit point encore veus ailleurs. Un
jour Demarets accuſant publiquement
Monſieur Deſpreaux d'avoir volé dans
Juvenal & dans Horace les richeſſes
qui brillent dans ſes ſatyres , un homme d'eſprit lui dit, Qu'importe, Mon-
,, ſieur, avoüez du moins que ſes
,, larcins reſſemblent à ceux des par-
,, tiſans du tems paſſé ; ils lui ſervent
,, à faire une belle dépenſe, & tout
,, le monde en profite,

EPHIRION.

Ce qui fait que nous avons ſi peu
de veritables nouveautez ; c'eſt que
la plûpart de ceux qui s'érigent en

autheurs font fi pareſſeux qu'ils ne travaillent que ſur les ouvrages des autres, ils ne ſe ſoucient pas de dire la même choſe, pourveu qu'ils la diſent de differente maniere.

CYMODORE.

N'appellez-vous pas une nouveauté la nouvelle application que l'on fait de la penſée d'un Autheur?

EPHIRION.

Je l'appelle une ancienne nouveauté. Vous moquez-vous de moi, de me parler en faveur de ces ſortes de nouveautez ? Cela eſt auſſi ridicule, que, ſi prenant une ancienne ſtatuë d'Auguſte, & à cauſe de la reſſemblance, la faiſant paſſer pour la ſtatuë de quelque Prince de nôtre temps, vous pretendiez qu'elle fût nouvelle & qu'on la dût regarder comme une figure moderne & qui ſort de la boutique de ſon Sculpteur.

CYMODORE.

Il y a une grande difference. Je n'aurois rien ajoûté du mien à cette ſtatuë.

EPHIRION.

C'eſt à-dire que pour la faire mo-

derne, vous n'auriez qu'à la couvrir
de vôtre habit, & ainfi felon vôtre
fentiment, on vous en devroit reconnoître pour l'ouvrier, comme fi à
force de travail vous l'aviez tirée de
la maffe du marbre dont elle eft faite.
Vous feriez à vôtre compte habile
fculpteur fans avoir fait grande dé-
penfe de fcience, de travail & d'application. Croiez moi, Cymodore,
il faut quelque chofe de plus que ces
petits déguifemens pour acquerir la
reputation d'habile homme.

DIALOGVE II.

MIRIADE, LAMONT.

MIRIADE.

JE vous prie, mon cher Lamont,
contentez-vous de la bonne eftime
qu'on a de vous chez Licidas, n'y
allez pas fi fouvent pour y recevoir
des applaudiffemens & des loüanges;
vous gafterez tout à force de vous
montrer. Sçavez-vous que la plûpart
des gens qui ont de la reputation,

font comme de certains tableaux qui pour être estimez ne doivent pas être regardez de trop prés ?

LAMONT.

Mais pourquoi me donnez-vous ce conseil ? n'est-il pas de mon interest de fortifier par ma presence la bonne opinion qu'on a de moi ? On croit que j'ai du merite, & on se lassera de le croire, si on ne me voit pas, & si je ne prens pas soin d'en donner des marques par ma présence.

MIRIADE.

Mettez-vous dans l'esprit, que parce qu'il ne coûte rien pour avoir une grande idée des gens, & qu'il coûte beaucoup à ceux-ci pour la soûtenir, on vous croit plus de merite quand on ne vous voit pas, que vous n'en pourrez montrer quand vous paroîtrez : si vous passez pour habile homme étant absent, quand vous serez present, on exigera de vous des merveilles, & si vous ne montrez pas ces merveilles, on tombera dans l'autre extremité, je veux dire dans le mépris pour vous, parce qu'on vous regardera non seulement comme un ignorant, mais encore comme un trompeur qui s'est acquis un grand nom sans le mériter.

LAMONT.

Vous outrez la réflexion.

MIRIADE.

Pas tant que vous le pensez.

LAMONT.

Il faut donc s'ensevelir dans la solitude, quand on a de la reputation, si on ne veut pas la perdre.

MIRIADE.

Il ne faut pas se mettre à tous les jours, si on veut être plus sûr de la conserver.

LAMONT.

J'aimerois autant n'avoir point de nom que de ne l'entendre pas prononcer.

MIRIADE.

Hé bien allez donc vous entendre appeller, puisque vous en avez tant d'envie ; mais prenez garde que dans la suite on ne vous donne un surnom qui ne vous soit pas si glorieux que le nom qui vous excite à vous montrer.

DIALOGUE III.

CILANTE, MELANIR.

CILANTE.

VOici de quelle maniere Monsieur Racine parle dans sa Preface sur Berenice, de ceux qui avoient
critiqué cette piece. On me dit "
qu'ils avoüoient tous que cette "
Tragedie n'ennuïoit point, qu'elle "
les touchoit même en plusieurs "
endroits, & qu'ils la verroient "
encore avec plaisir, que veulent. "
ils d'avantage ? je les conjure d'a. "
voir assez bonne opinion d'eux. "
mêmes, pour ne pas croire qu'une "
piece qui les touche & qui leur "
donne du plaisir, puisse être "
absolument contre les régles. La "
principale régle est de plaire & de "
toucher, toutes les autres ne sont "
faites que pour parvenir à cette "
premiere. "

Voila, Melanir, ce que je puis aussi
vous dire quand vous critiquez la

A iiij

piece qu'on vient de donner au public. Vous avoüez que plus vous la
lifez , & la voïez reprefenter , plus
elle vous fait du plaifir , que vous étes
fi touché des tendres fentimens qui y
font exprimez , que les larmes tombent de vos yeux malgré les efforts
que les régles que vous pretendez y
étre bleffées vous font faire pour les
retenir , & cependant par une injuftice autant cruelle contre vous même
que contre l'Autheur, vous la cen-
furez fans mifericorde. Je vous l'ai
déja dit , les habiles gens font bien
incommodes , le Théatre n'eft fait
que pour divertir , dés qu'on a atteint
ce but , qu'importe-t-il , fi c'eft avec
la permiffion d'Ariftote, ou non ? les
Spectateurs font touchez , font émûs,
font attendris , s'appliquent avec
beaucoup de fatisfaction d'efprit à la
reprefentation , ne s'impatientent
point , font fâchez de voir fi-tôt finir
la piece , y retournent au premier
jour, n'eft-ce pas affez pour la g'oire
de l'Autheur ? mais, direz-vous , tous
ces agrémens qui engagent, qui plai-
fent, ne font pas felon les régles , les

bons connoiſſeurs y trouvent des défauts, ils ne les peuvent goûter. Hé bien tant pis pour ces bons connoiſſeurs, puiſqu'ils ſont aſſez malheureux pour être privez d'un plaiſir dont joüiſſent les autres & dont ils pourroient joüir eux-mêmes. La fin legitime de toutes les régles de la Comedie & de la Tragedie doit être celle de plaire, cette piece plaît, elle eſt donc ſelon les regles, ou ſi elle ne l'eſt pas, tant pis pour les régles ; car c'eſt une marque qu'elles ne ſont pas telles qu'elles doivent être. Il y a une grande difference entre les régles de Morale & de Théatre ; les régles de Morale apprennent au peuple ſon devoir, & au Théatre c'eſt le peuple qui apprend le devoir aux régles. Ce raiſonnement ne ſera peut-être pas bien reçeu de tout le monde, je me retracterai volontiers, ſi les gens de bon goût, comme Monſieur Racine, ne le veulent pas recevoir.

MELANIR.

Pour moi ; ſans vouloir me flatter d'avoir un bon goût, je le reçois à cauſe du déſir que j'ai qu'on nous ôtât

A v

ces régles qui ne font que troubler
nos plaifirs ; comme je fuis Autheur,
quand il arrive que je me trouve en
compagnie & qu'on me demande mon
avis fur ces fortes d'ouvrages , il faut
que je réponde en homme du métier,
c'eft-à-dire, que j'examine felon les
régles que nous ont données nos
Maîtres , & que je ne raifonne que
fur ces principes ; fans cela on ne me
diftingueroit pas du commun peuple.
Je vous avouë de bonne foi que dans
ces occafions je fais mes efforts pour
trouver des défauts , afin de montrer
que je m'y connois, parce que j'apprehende , qu'en approuvant , je ne
paffe pour un mal habile homme qui fe
laiffe emporter par le torrent , fans
fçavoir & fans pouvoir s'arrêter pour
refléchir , pour éxaminer, pour connoître & pour bien juger. La répu-
ration d'habile homme eft un lourd
poids à foûtenir.

CILANTE.

Je vous fçai bon gré de la fincerité
avec laquelle vous me parlez.

MELANIR.

Je vous prie que ce foit fans confe-

quence pour la bonne estime qu'on a
de mon équité.

CILANTE.

Je vous prie aussi de ménager les
interêts des habiles gens qui travaillent pour le public, & pour cela de
juger dans la suite avec une attention
continuelle sur cette principale régle
dont je vous ay parlé, & de faire
en sorte que tous les autres ne la
perdent point de veuë dans la connoissance que vous leur donnerez
de vôtre sentiment.

DIALOGUE IV.

VALERIE, XENOCLANTE.

VALERIE.

JE vous trouve de bonne humeur,
Xenoclante, dites-moi, je vous prie,
dequoy vous riez.

XENOCLANTE.

Je ris de ces Stances, que je lisois
dans Voiture quand vous êtes entrée.

STANCES.

A une Damoiselle qui avoit les manches de sa chemise retroussées & sales.

Vous qui tenez incessamment
Cent amans dedans vôtre manche ;
Tenez les au moins proprement.
Et faites qu'elle soit plus blanche.

Vous pouvez avecque raison
Usant des droits de la Victoire,
Mettre vos Galans en Prison,
Mais qu'elle ne soit pas si noire.

Mon cœur qui vous est si devot
Et que vous reduisez en cendre,
Vous le tenez dans un cachot,
Comme un prisonnier qu'on va pendre.

Est-ce que brûlant nuit & jour
Je remplis ce lieu de fumée,
Et que le feu de mon Amour,
En a fait une cheminée ?

VALERIE.

Voiture dit-il si elle changea plus souvent de linge dans la suite pour plaire davantage à ses Amans?

XENOCLANTE.

Il n'en parle pas. Est-ce que vous ne sçavez pas bien vous autres femmes, que quand vous vous êtes fait une fois bien aimer des hommes, vous n'avez plus besoin de prendre tant de mesures, & de garder tant de ménagemens avec eux pour les conserver ? les pauvres miserables ne laisseroient pas de vous adorer, quand vous ne seriez couvertes que de bouë.

VALERIE.

Il est vrai que nous ne nous parons ordinairement que pour faire de nouvelles conquêtes; & que les jours de nôtre negligé sont ceux ausquels nous sçavons bien que nous ne devons voir que les hommes que nous avons reduits sous nôtre joug.

XENOCLANTE.

Cette conduite m'étonne.

VALERIE.

Elle n'a pas, ce me semble, dequoi vous tant étonner. Si les hommes ne

donnoient point fi fort dans les appar-
rences pour être gagnez , nous ne
ferions pas fi empreſſées pour les parures , & s'ils n'eſtoient pas fi aveugles quand ils nous font foûmis, nous
n'aurions auprés d'eux point tant de
négligences pour nos ornemens exterieurs.

XENOCLANTE.

Mais j'avois crû que dans l'attachement que les femmes ont pour les
parures , il y entroit au moins autant
de vanité que d'amour.

VALERIE.

Vous ne vous êtes pas trompé ;
mais comme l'un ne détruit pas l'autre
& qu'au contraire ces deux paſſions
s'entretiennent reciproquement, il ne
faut pas être furpris de les trouver fi
fouvent enfemble.

XENOCLANTE.

Selon vous , les deux paſſions do-
minantes des femmes , c'eſt la vanité
& l'amour.

VALERIE.

Ne parlons point de paſſions domi-
nantes fur nous qui voudrions dompr-

ter tout , & qui domptons en effet
ce qu'il y a de plus fort fur la terre.

DIALOGUE V.

LYCASTE, MENALQUE.

LYCASTE.

LA gloire des grands hommes,
Menalque , se doit toûjours me-
furer aux moïens dont ils se font
fervis pour l'acquerir.

MENALQUE.

Est ce à propos des honneurs qu'on
me rend dépuis l'action que j'ai faite
& dont je vous viens d'entretenir ,
que vous me tenez ce difcours , Ly-
cafte ?

LYCASTE.

Ce fera à quel propos vous voudrez , pourveu que vous receviez
cette propofition pour véritable.

MENALQUE.

Elle fera auffi tout ce que vous
voudrez , pourveu que vous ne pré-
tendiez point détruire le mérite de
cette action.

LYCASTE.

Les mauvaiſes voies que vous avez priſes pour y parvenir, les circonſtances odieuſes qui l'accompagnent le détruiſent aſſez ſans que perſonne prenne ce ſoin. On vous honore parce que vous avez la force en main, mais on ne vous eſtime point, parce que vous ne paſſez pas pour vous être ſervi de cette force avec équité. On vous rendra des reſpects exterieurs tant que vous voudrez ; pendant que les mouvemens interieurs ne ſeront pour vous que mépris & indignation. Je ſuis perſuadé que vous ne laiſſerez pas d'être content, parce que je juge par les moïens que vous avez pris pour vous acquerir de la gloire, que vous ne cherchiez que les apparences ; il y a bien des gens de vôtre goût, auſſi y a-t-il bien des gens qui ſe moquent les uns des autres. Ceux qui prétendent s'attirer des honneurs véritables par de fauſſes vertus ſe moquent de ceux de qui ils les prétendent ; & ceux-cy à leur tour ſe moquent de ceux-là en leur rendant des reſpects apparens au lieu des solides qu'ils esperent. La jolie Comedie que le monde ! presque tout y est masqué.

MENALQUE.

Voila bien de la Morale perduë, mon pauvre Lycaste.

LYCASTE.

Elle est perduë parce que vous donnez trop dans le superficiel pour en profiter ; mais quelque chose que vous disiez , je suis assûré que vôtre esprit avouë que j'ai raison.

DIALOGUE VI.

ALCIDON, EURIMEDE.

ALCIDON.

PRêtez-moi , je vous prie, les œuvres de Monsieur Sarrazin.

EURIMEDE.

Depuis quand vous prend-il envie de lire cet Autheur ?

ALCIDON.

C'est depuis que j'ai lû ces vers dans les nouvelles œuvres de Monsieur le Pays.

Tous les rieurs pleuroient, & se plai-
gnoient du fort,
Qui par une funeste mort
Leur vint ôter les ris en leur ôtant
Voiture:
Mais lorsque sur sa Sepulture
Sarrazin eut versé des pleurs,
L'on vit rire tous les pleureurs,
Dans cette nouvelle avanture
Châcun disoit à son voisin
Que les larmes de Sarrasin
Valoient bien les ris de Voiture.

Comme j'aime beaucoup Voiture,
je suis bien aise de voir ce qu'en dit
Sarrazin dans la pompe funebre qu'il
en a faite.

EURIMEDE.

Quoi un homme de belles lettres
comme vous, n'avoir pas encore lû
cet Ouvrage ! vous me surprenez.

ALCIDON.

J'ai pris un tel goût pour Voiture,
que rien ne me plaît que ce qui ressemble à son stile : & comme il est
tres rare de trouver cette ressemblan-
ce, je ne lis presque que ses Lettres.

EURIMEDE.

Vous me feriez presque croire que vous êtes comme ces bonnes femmes qui ne peuvent lire que dans leurs heures. Alcidon, il ne faut pas tant se laisser prévenir en faveur d'un Autheur, que l'on méprise tous les autres. Montreüil, Balzac, Sarrazin, le Chevalier de Her, ont châcun leur merite particulier. Si vous composez, attachez-vous à celui de tous les Autheurs qui vous paroît le plus parfait & le plus conforme à vôtre genie; vous agirez prudemment : mais pour faire ce choix & pour sçavoir lequel est le meilleur, il faut connoître tous les autres par soi-même, & non pas par le rapport que l'on vous en fait, parce que les goûts êtant differens, la conformité est aussi differente.

ALCIDON.

Il est bien difficile d'écrire aussi agréablement que Voiture.

EURIMEDE.

Mais il n'est pas impossible. Voiture n'est pas un Magicien qui se soit servi de moïens surnaturels pour faire ses

Lettres. Beaucoup de monde, un naturel enjoüé, une familiarité engageante, une maniere de badiner spirituelle, un stile aisé, faisoient son talent. Pourquoi voulez-vous qu'il soit presque impossible de trouver à present ces qualitez dans un même sujet, puisque nous trouvons souvent dans les conversations des gens qui ont assez ces caracteres, & qui les soûtiendroient fort bien s'ils vouloient s'ériger en Autheurs.

ALCIDON.

Mais marquez moi quelque Ouvrage qui imite Voiture.

EURIMEDE.

Oh je n'ai garde de vouloir faire devant vous aucune comparaison là dessus. Vous êtes trop prevenu: prenez, s'il vous plaît vous même (toute vôtre prevention à part) la peine de faire cette comparaison, & ensuite nous raisonnerons ensemble sur cette matiere.

DIALOGUE VII.

SOSTRATE, POLIDORE.

SOSTRATE.

VOici encore un nouveau Livre que je vais donner au public.

POLIDORE.

Vous êtes un Autheur bien abondant, Softrate.

SOSTRATE.

Il n'y a que le premier Ouvrage qui coûte ; quand on a une fois commencé, on ne voudroit faire autre chofe : le plaifir qu'on trouve à faire parler de foi a de grands charmes.

POLIDORE.

Il eft donc bien vrai ce qu'on dit, que les Autheurs font comme les Muficiens, que l'on ne fçauroit plus faire taire dés qu'ils ont une fois commencé à fe faire entendre. A vous dire le vrai (nous fommes affez Amis entre nous pour parler l'un à l'autre fans déguifement) je me défie beaucoup de ces Livres qui font faits avec tant de

promptitude; car j'ai toûjours oüi dire
qu'il falloit beaucoup effacer pour faire
un bon Livre, & je remarque en effet
que les grands hommes parmi les
Anciens comme Isocrates, Virgile,
& plusieurs autres, emploïoient bien
des années pour limer un Ouvrage
& encore trembloient-ils, quand il
s'agissoit de le donner au public.

SOSTRATE.

C'est qu'ils faisoient comme Zeuxis,
ils travailloient pour l'éternité, *scribe-*
bant æternitati.

POLIDORE.

Et ainsi je dois juger par vôtre réponse, & par le temps que vous
mettez à faire vos Ouvrages, que
vous ne travaillez que pour une année,
puisque sçachant bien que le dernier
Livre que vous avez mis en lumiere
ne pourra tout au plus durer qu'un
an, vous vous pressez d'en donner
un autre; c'est là ce qu'on peut appeller être Autheur au jour la journée,
comme on dit des manœuvres qui
mangent châque jour ce qu'ils y ga-
gnent.

SOSTRATE.

Mes Ouvrages font du nombre de ceux qui ne contiennent que des fujets divertiffans , amufans , & qu'on ne peut lire avec plaifir ordinairement qu'une fois ; cela étant ainfi, il faut bien , fi je veux foûtenir le peu de reputation que j'ai commencé à acquerir , que j'en faffe fouvent de nouveaux.

POLIDORE.

Faites-en qui foient de plus grande confequence , vous vous contenterez davantage en faifant parler de vous long-temps aprés vôtre mort ; puifque vous avez une fi grande démangeaifon de faire refonner vôtre nom dans le monde.

SOSTRATE.

Je me contente de faire parler de moi pendant ma vie.

POLIDORE.

Si je ne vous connoiffois pour bon Chrêtien , je jugerois du défir que vous avez de faire parler de vous pendant vôtre vie , plûtôt qu'aprés vôtre mort, que vous ne croïez pas l'immortalité de l'ame.

DIALOGUE VIII.

SIMANTE, MAXANT.

SIMANTE.

Qu'un envieux qui eſt obligé de flatter, ſe fait une extrême violence ! vous le ſçavez par experience, Maxant.

MAXANT.

Je le ſçai par experience ! comment l'entendez-vous ?

SIMANTE.

Songez à Riggellio, & vous connoîtrez comment je l'entends.

MAXANT.

Quoi, à cauſe que vous me voïez dans le même exercice que lui, & que je le loüe dans tout ce qu'il fait, vous pretendez que je ſuis auſſi envieux que flatteur ; vous vous trompez. Il eſt vrai que j'ai interêt de le ménager, que ſa place me conviendroit mieux que celle dans laquelle je ſuis à preſent, mais ....

SIMANTE.

SIMANTE.

Mais il eſt vrai que quand vous êtes avec vos intimes Amis & que vous pouvez détruire à coup-ſûr le merite de ce qu'il fait, vous ne vous endormez pas ; il eſt vrai encore que quand les ſuccez de ſes affaires lui ſont favorables, vous ſentez un certain chagrin interieur, qui s'échappe au dehors, quelques précautions que vous preniez pour le déguiſer. Enfin, moi qui vous étudie, je remarque que ſa triſteſſe vous réjoüit, & que ſa joie vous afflige ; je donnerai à tout cela quel nom vous voudrez, pourveu qu'il ſignifie la même choſe que ce que nous appellons envie.

MAXANT.

Vous êtes pourtant témoin combien j'exagere ſon aſſiduité, ſon attention, ſon diſcernement, ſon équité,& avec quelle ardeur je détruis même la malice & l'injuſtice de ceux qu'il reconnoît pour ſes envieux.

SIMANTE.

Oüi, je ſuis témoin de tout cela ; mais c'eſt quand vous êtes en ſa preſence ou en la preſence de ſes intimes

B

Amis.   Quelquefois j'apprehendé
qu'on ne vous faſſe la même repartie que feu Monſieur le Prince fit
autrefois à un homme de grande
conſideration dans la guerre ; car
l'envieux à beau faire , & être ſur le
qui-vive , on connoît ſa paſſion, elle
eſt trop forte pour ne pas paroître
par quelque marque exterieure.

MAXANT.

Faites- moi part , je vous prie, de
cette repartie.

SIMANTE.

La voici : un certain Lieutenant
General fort envieux , mais pourtant
flatteur , dit à Monſieur le Prince
aprés la fameuſe bataille de Rocroy ;
que ſurront dire à preſent les envieux
de vôtre gloire ? Monſieur le Prince
qui connoiſſoit ſon eſprit lui répondit,
je n'en ſçai rien ; je voudrois vous le
demander à vous.

MAXANT.

La repartie étoit bonne ; mais je
n'en crains pas la repetition.

SIMANTE.

C'eſt qu'on ne trouve pas toûjours
des gens qui ſçachent répondre auſſi

à propos , que le grand homme dont je viens de parler.

DIALOGVE IX.

CEPHISE, DORINE.

CEPHISE.

AH, ma chere , la folitude m'eft infupportable , je la regarde comme une éclipfe odieufe des per-fonnes qui ont des qualitez affez agreables , & affez brillantes pour plaire dans le commerce du beau monde. Pour moi, je n'y pourrois vivre une journée fans y languir, j'aime extremément la bonne com-pagnie.

DORINE.

Mais , Madame , la bonne com-pagnie vous aime-t-elle ? car , à vous parler franchement , vous avez de certaines manieres precieufes qui font un peu contraires à l'enjoüement & à la franchife des Societez agréables. Comme on voit que vous vous étudiez beaucoup vous même , on croit que vous n'étudiez pas moins les autres; & ainsi on se sent obligé de se tenir dans une contrainte qui ne peut avoir aucun agrément.

CEPHISE.

Mais, ma chere, m'appelles-tu précieuse à cause que je prens soin de ne rien dire de trivial, de ne point permettre qu'on fasse & qu'on dise en ma presence aucune chose qui passe les bornes du respect qu'on doit à une femme de ma qualité, & enfin à cause que je ne me divertis point de mille bagatelles qui seroient de grands plaisirs pour de petites Bourgeoises ? tu devrois plûtôt me loüer de toute cette circonspection, tu devrois l'appeller politesse, élevation d'ame, & fierté bien-seante : mais les personnes qui sont comme toi de petite étoffe ne connoissent pas le merite de ces parures.

DORINE.

Madame, je remarque qu'avec ma petite étoffe, je ne me fais point moquer comme vous; il est vrai qu'on ne me fait pas tant de reverences qu'à vous, mais il est vrai aussi, que, si on m'a bien receuë en une compagnie, on ne m'y raille point quand j'en fuis dehors. Tel vous fait des minaudries gracieufes quand vous le regardez, qui vous fera enfuite des grimaces méprifantes, quand il fera derriere vous.

CEPHISE.

Dis-moi, je te prie, quel eft l'infolent qui m'ofe traiter de la forte ?

DORINE.

Ah ! vraiment vous avez trouvé vôtre difeufe. De quelque petite étoffe que je fois, je ne voudrois pas faire des affaires à perfonne quand on m'effriroit le plus beau brocart d'or du monde.

CEPHISE.

Je vois bien que tu ne te foucies pas de m'infulter, parce que tu connois que j'ai à prefent beaucoup befoin de toi dans l'affaire la plus confiderable de ma vie.

DORINE.

Eh ! fi, fi, Madame, vous vous moquez, eft-ce qu'une petite étoffe comme moi peut fervir à quelque chofe de confequence ?

DIALOGVE X.

CARITIDES, EURIALISTE.

CARITIDES.

ON dit que vous sçavez l'Ety-
mologie du proverbe qui dit,
*les Armes de Bourges, un âne dans
une chaire.* Comme je prens beaucoup de part dans ce qui regarde
cette Ville, vous me ferez bien du
plaisir si vous m'apprenez l'origine
de ce proverbe.

EURIALISTE.

Je l'ai déja donnée à trop de gens,
pour vous la refuser : la voici. On
trouve à Rome dans la Bibliotheque
du Vatican un vieux manuscrit Latin,
qui ne contient qu'une espece de
Commentaire, sur les Commentaires
de Jules Cesar. Entre plusieurs remarques bien recherchées qui s'y
trouvent, il y a celle-ci sur l'endroit
du L. 7. n. 3. où Cesar dit que Ver-
cingintorix donnoit ses ordres dans
la Ville de Bourges comme s'il y eut

été present. Cette remarque dit donc,
que pendant que Jules Cesar assie-
geoit la Ville de Bourges, Vercin-
gintorix chef des Gaulois aiant donné
ordre à un Capitaine nommé Asinius
(ayeul de ce fameux Asinius Pollio,
qui du temps d'Auguste Cesar se ren-
dit également illustre dans les armes
& dans les lettres) de faire faire une
sortie par ses Soldats sur les troupes
de Cesar; ce Capitaine Asinius ne pou-
vant les conduire lui-même, à cause
qu'il étoit tres-incommodé de la
goute, envoia en sa place son Lieutenant ; mais une heure aprés, comme on lui vint dire, que ce Lieutenant lâchoit pied , il se fit porter
dans une chaise aux portes de la
Ville, & anima de telle sorte ses Soldats par ses discours & par sa presence , qu'ils reprirent courage , re-
tournerent contre les ennemis , &
en tuerent un grand nombre, ce qui
fit dire *qu'Asinius* dans sa *chaise* avoit
aussi-bien que les armes des Soldats
défait les troupes de Cesar , & sauvé
la Ville de Bourges. *Asinius fuit urbi
Avarico tanquàm arma inimicis maxi-*

mè exitiosa. Ce sont les propres termes du manuscrit. C'est
delà qu'est venu ce proverbe , *les
Armes de Bourges , un âne en chaise* ,
on ne la pourrant pas pris dans le
sens qu'il le faut prendre ; car on a
crû qu'armes en ce proverbe signifioit
armoiries : cette remarque fait voir le
contraire.

CARITIDES.

Se non è vero è ben trovato ; peut-
être y aura-t-il bien des gens qui ne
croiront pas tout à fait vôtre manuscrit ; mais n'importe ; cette Etymo-
logie n'est pas mal imaginée.

EURIALISTE.

Est-ce que vous en doutez ?

CARITIDES.

Oh que je n'ai garde : ne sçai-je
pas qu'en matiere d'Etymologies, les
mots sont comme les cloches , à qui
l'on fait dire ce que l'on veut ? &
comme je suis persuadé sur ce principes que bien d'autres pourroient
trouver des explications differentes
de ce proverbe ; j'aime mieux m'en
tenir à celle-ci , parce qu'elle n'est
pas injurieuse ; mais au contraire elle

détruit les sens ridicules qu'on lui a donnez jusques à present.

EURIALISTE.

Si jamais nous pouvons faire ensemble le voiage de Rome, je tâcherai de trouver accés dans le Vatican, & de vous y faire lire ce manuscrit, afin que vous soiez autant convaincu par vos yeux, que par vôtre raison.

CARITIDES.

Je vous assûre que j'aime mieux croire que d'y aller voir, il ne m'en coûtera pas tant : envoiez y plûtôt de certains Docteurs incredules & mal-intentionnez de ce Païs ci, qui pour donner une mauvaise idée de ceux de Bourges, se font un plaisir de leur appliquer ce proverbe dans le sens qui lui paroît le plus naturel.

EURIALISTE.

Oh! il faudroit plus que ce voiage pour détruire dans leur esprit le triomphe imaginaire qu'ils élevent à leur honneur par cette application. Il faudroit disputer sur la verité de ce que contient ce manuscrit aprés avoir disputé sur son existence; &

B 5

enfuite, aprés avoirbeaucoup difputé,
ils ne feroient convaincus d'autre chofe que des premieres impreffions. Ces
fortes de Docteurs ne fe rendent pas
fi aifément, auffi n'ont-ils pas appris
fi long-temps pour rien le *contra fic
argumentor.*

DIALOGVE XI.

SERTISTE, DRUSILE.

SERTISTE.

TOut le monde eft charmé de ce
que vous venez de dire contre
l'orgueil & la vaine gloire ; mais,
entre vous & moi, Drufile, ne vous
êtes vous point fait vôtre procez à
vous même par vôtre éloquent difcours ? *car on ne parle fouvent contre
la vanité, que par vanité ?*

DRUSILE.

Si c'eft parler par vanité que de
faire fes efforts pour convaincre ceux
qui nous écoutent des veritez que
nous leurs annonçons, & fi c'eft fe
réjoüir par vanité que d'eftre tres-

contents, quand nous apprenons qu'ils
en font convaincus, j'avouë que mon
difcours eft ma condamnation.

SERTISTE.

Oh ! il y a quelque chofe de plus
que ce que vous me dites ; étudiez
bien ces efforts, cette joie, cette complaifance que vous fentez pour vous
même, & vous trouverez quelque
chofe d'aftez femblable au vice contre
lequel vous vous êtes déchaîné.

DRUSILE.

C'eft-à-dire qu'à force d'étude, &
de reflexions raifonnées, il me pa-
roîtra que j'ai un défaut, que je
n'ai pas en effet, & que je n'ai pas
deffein d'avoir: ces fortes de reflexions
font aftez inutiles pour moi qui agis
& parle de bonne foi, qui n'ai point
deffein de me tromper ni de tromper les autres. Nous ne voions autre
chofe à prefent que des reflexions &
des pretenduës nouvelles découvertes
fur les mouvemens du cœur de l'homme en general, & qu'on ne manque
pas d'attribuer fans diftinct on à tous
les particuliers. Ces fortes de raifonnemens fervent d'ordinaire beau-

coup à faire des jugemens temeraires:
par exemple, Seitiste, ne puis-je pas
aussi m'imaginer que vous ne venez
de me parler que par vanité, en me
voulant montrer que vous avez plus
de penetration que je n'en ai pour
connoître mes propres sentimens interieurs? Les pensées, les discours &
les actions des hommes se peuvent
prendre à plusieurs anses.

DIALOGVE XII.

FILINTAS, CLEANTE.

Filintas.

QU'il est facile, mon cher Clean-
te, de seduire une ame genereuse!

CLEANTE.

Joignez la prudence avec la generosité : ces deux vertus ne sont pas
incompatibles ; la generosité est en
sureté par le secours de la prudence,
& la prudence est glorieuse par l'ornement de la generosité. S'il y avoit
plus de droiture parmi les hommes,

Il ne faudroit point tant de prudence, de défiance, de circonspection : mais il y a entr'eux tant de déguisement, tant de détours pernicieux, tant d'adress:s dangereuses, qu'il ne faut pas avoir l'ame si genereuse, qu'elle mesure les sentimens des autres sur les siens. Il vous sera plus glorieux de pardonner aprés avoir connu les embulches qu'on vous dresse pour vous seduire, que d'avoir eu assez de bonté pour ne vous en être pas défié, & pour vous en être laissé surprendre.

FILINTAS.

Je ne me fierai plus à personne, quelque apparence de probité que j'y remarque.

CLEANTE.

Vous passez à une autre extremité qui est aussi honteuse pour vous que la premiere vous paroissoit glorieuse. C'est une injustice outrée que de ne vouloir se fier à personne, parce qu'on se doit défier de plusieurs.

FILINTAS.

C'est une imprudence dangereuse, que de se vouloir fier à quelqu'un,

tout le monde étant capable de déguisement.

CLEANTE.

Ne vous fiez-vous pas à moi, par
exemple ?

FILINTAS.

Je suis capable de déguisement
comme un autre ; ainsi quelque réponse que je vous donne , vous avez
droit de vous en défier.

CLEANTE.

Où sera donc nôtre amitié ?

FILINTAS.

Là où est celle de tous les autres ,
c'est à dire dans des démonstrations
exterieures de confiance & d'attachement.

CLEANTE.

Ah ! il faut, Filintas, que nous nous
aimions avec plus de solidité : vous
en conviendrez peut-être une autre
fois quand vous aurez oublié la trahison qu'on vient de vous faire ; car je
vois qu'elle vous tient extrémement
au cœur. Il ne faut pas attendre
de la moderation d'une passion aussi
violente qu'est la colere où vous êtes.

Impedit ira animum ne possit cernere verum.

DIALOGVE XIII.

ARONTE, DORIMANT.

ARONTE.

NE craignez - vous pas qu'en voiant vôtre grande biblioteque, on ne se raille de vous, comme se railla autrefois un de nos Ambassadeurs des Moines de l'Ecurial?

DORIMANT.

Je vous répondray aprés que vous m'aurez raconté l'histoire de cette raillerie.

ARONTE.

La voici. Un de nos Ambassadeurs aprés avoir veu les biblioteques de l'Escurial en Espagne, dit au Comte d'Olivarez, qu'en reconnoissance de la bonne chere que Sa Majesté Catholique lui avoit fait faire, il souhaitoit que tous ceux qui manioient ses finances, s'y comportassent comme les Moines de l'Escurial dans la biblioteque dont il les avoit rendus gardiens; parce que possedans un si

grand trefor, il avoit remarqué qu'aucun d'eux n'eût voulu en faire fon
profit particulier.

DORIMANT.

Vous vous moquez donc de moi,
Aronte, de ce que j'ai amaffé quantité de beaux livres dont je ne fçai
pas faire l'ufage. Mais, dites-moi,
aimeriez vous mieux qu'aiant beaucoup de bien, je l'euffe dépenfé en
bonne-chere, en bijoux inutiles, en
meubles rares, plûtô qu'en des ouvrages qui fervent tous les jours à
mille Sçavans à qui je les fais voir,
& qui aiant tres-peu de bien (ce qui
eft affez ordinaire aux Sçavans) n'auroient jamais pû les acheter ? Je ne
puis me repentir d'avoir acquis ce
trefor. Quoy que l'éducation qu'on
m'a donnée ne m'ait pas rendu affez
habile pour en faire mon profit, je
ne laiffe pas d'en connoître le merite,
& je me confole de mon ignorance,
en permettant aux autres d'en tirer
de l'utilité; & ainfi, croiez moi, ne
me faites point une application odieufe de vôtre hiftoire. Elle eft jolie,
mais quand vous la mettez devant

mes yeux pour me rendre ridicule ,
foiez perfuadé qu'elle eft hors de fa
place naturelle.

ARONTE.

Ne voiez-vous pas que c'eft pour
plaifanter que je l'ai citée ?

DORIMANT.

C'eft à préfent felon vous , pour
plaifanter , parce que vous voiez que
je n'ai pas tort ; mais c'eût été pour
m'injurier , fi je ne m'étois pas jufti-
fié comme je viens de faire. Je vous
confeille , Aronte, de rire plus à propos avec ceux qui ne feront pas autant de vos amis que je le fuis. Ces
railleries demandent de grandes précautions ; tel rit en fe voiant railler,
qui garde en fon cœur une colere
dont il ne manquera pas de faire ref-
fentir les effets dans la premiere occafion qu'il trouvera.

ARONTE.

C'eft à dire que ma petite plaifan-
terie vous fait mon ennemi.

DORIMANT.

Point du tout. Je vous connois
plus que vous ne penfez , & c'eft
cette connoiffance qui m'engage à

vous pardonner. Je sçai qu'ordinairement dans vos railleries vous parlez plûtôt pour avoir le plaisir de dire un bon mot, que pour offenser personne. Mais je vous le dis encore, apportez-y de grandes précautions. Je tremble toûjours pour les railleurs, tant je vois de dangers ausquels ils s'exposent sans les connoître.

DIALOGVE XIV.

ORONTE, PHILAMINTE.

ORONTE.

POurquoi vous inquieter de voir des querelles entre vos serviteurs ? s'ils sont bons, ces querelles les maintiendront dans leur devoir ; s'ils sont méchans, elles les empêcheront d'executer leurs mauvais desseins.

PHILAMINTE.

J'en suis aussi plus mal servi, parce qu'ils se rejettent les uns sur les autres leurs obligations, & pendant leurs disputes, je demeure sans les secours dont j'ai besoin. Un certain

'Allemand avoit bien raifon ; lors qu'il difoit que quand on n'a qu'un ferviteur on l'a tout entier ; mais quand on en a deux, on n'en a que la moitié d'un, & que quand on en a trois, on n'en a point du tout.

ORONTE.

Il y a un certain art pour fe bien faire fervir que vous ne fçavez peut-être pas.

PHILAMINTE.

Je ne leur demande point des fervices trop difficiles & trop fatigans ; je ne les maltraite point de paroles, je les paye bien, ils peuvent même connoître par mes manieres que je fuis d'humeur à recompenfer dans la fuite ceux dont je ferai bien content. En faut-il davantage pour les rendre prompts, exacts & affectionnez ?

ORONTE.

Il faut avec cela leur parler peu pour leur faire connoître vos commandemens, & pour les reprendre de leurs fautes ; ne les point blâmer fans fujet, ne leur laiffer rien negliger, les tenir dans l'occupation, les acoûtumer à l'affiduité, & qu'ils

ſoient perſuadez que toutes les cho-
ſet que vous leur commandez ſont
de conſequence, ou par elles-mêmes,
ou pour vous, ou pour eux. Vous
leur ferez par cette conduite autant
leur bien que vôtre propre comme-
dité : l'habitude qu'ils auront priſe au
travail leur ſera tres-utile pour le reſte de leur vie ; c'eſt une eſpece de
cruauté pour les pauvres que de les
nourrir dans l'oiſiveté ; parce que
n'aiant rien pour vivre & n'étant
point accoûtumez à travailler, ils ſeront toûjours miſerables.

DIALOGVE XV.

THEOCLES, POLIMAS.

THEOCLES.

POur plaire en converſation n'af-
feĉtez pas tant de bien dire & de
bien penſer, comme de faire bien
penſer & faire bien dire les autres.
Nous ſommes extrémement agreables
àceux à qui nous donnons occaſion
de l'être.

POLIMAS.

Je suis de vôtre sentiment, j'ai assez étudié le monde pour y avoir remarqué que vôtre maxime merite fort d'être mise en pratique : aussi pour profiter de mon étude ai-je pris soin jusques à present dans les compagnies où je me suis trouvé, de faire plûtôt parler les autres que de parler moi-même, & il m'a paru que j'agissois plus à coup-sur pour n'être pas incommode que si j'avois voulu faire un des principaux soûtiens de la conversation.

THEOCLES.

C'est être tres-sçavant que de connoître bien le monde, & c'est être tres-habile que de pouvoir s'y bien conformer. Ce qui fait que plusieurs y font naufrage, c'est qu'ils n'ont pas la connoissance des ecueils qui s'y trouvent. Un jeune homme sans cette connoissance y fait pitié.

POLIMAS.

Il y a quelquefois des Vieillards qui s'y égarent aussi-bien que les jeunes gens ; l'attention est si rare parmi les hommes, qu'il ne faut pas être

furpris de voir leurs égaremens. Ils
font fi diffipez par les chofes exterieures, fi poffedez par leurs paffions,
fi preoccupez par l'éducation, fi em-
portez par les exemples, & enfin fe
recueillent fi rarement en eux-mêmes
pour examiner fans diftraction ce qu'il
faut faire & ce qu'il ne faut pas faire,
ce qu'il faut fuivre & ce qu'il faut
éviter, qu'on peut dire qu'ils agif-
fent fans fçavoir ce qu'ils font, qu'ils
penfent fans fçavoir à quoi, & qu'ils
parlent fans fçavoir pourquoi.

THEOCLES.

Vous outrez un peu leur diffipa-
tion.

POLIMAS.

Pas tant que vous le penfez....
J'ajoûte pour vôtre fils que la premiere & la principale difpofition que
je croi être neceffaire à l'homme pour
réüffir dans le monde c'eft l'attention;
fans elle toutes les autres perfections
deviennent fort inutiles. On ne peut
trop infinuer ce principe dans l'efprit
des jeunes gens, & les accoûtumer
à le mettre en pratique; cependant
il me femble qu'on ne fe fait pas af-

fez une affaire de cet exercice dans
l'éducation qu'on leur donne ; on ne
les fait pas affez reflechir ; on fe contente fouvent de leur charger la memoire , de leur faire briller l'efprit ,
de leur apprendre à bien parler ;
fans fonger à les exercer à examiner,
à prévoir , à juger , à tirer des con-
fequences, & à raifonner fur ce qui fe
fait , fur ce qui fe dit , fur ce qui s'é-
crit. Il ne faut pas répondre , pour
détruire ce confeil , que leur efprit
eft au deffous de la capacité qu'exige
cette conduite. On n'a qu'à propor-
tionner les matieres & les manieres à
l'attention dont leur jugement eft capable. Un enfant peut auffi facilement
raifonner fur de certains faits que fur
fa Grammaire & fur fes petites parties de plaifir.

DIALOGVE XVI.

PIRANTE, ERGASTE.

PIRANTE.

JE ne crois pas mes vers des plus excellens ; mais franchement je les crois du moins fort paſſables.

ERGASTE.

Oüi, Pirante, ils ſont paſſables en toutes façons : car vous vous ſeriez bien paſſé de les faire, ceux à qui vous les liſez ſe paſſeroient bien de les entendre, la memoire en paſſera bientôt, & il faut, s'il vous plaît, que vous paſſiez pardeſſus les reſſentimens d'un Auteur offenſé, pour laiſſer paſſer ſans vous mettre en colere contre moi, ce témoignage de ma ſincerité envers vous.

PIRANTE.

Vous ne me gâterez jamais par vos loüanges : car vous êtes toûjours le premier à cenſurer mes ouvrages

ERGASTE.

C'eſt qu'étant le premier de vos amis

amis , je ne veux point vous tromper
ny permettre que vous vous trompiez
vous-même.

PIRANTE.

Mais tous les autres m'en disent
du bien.

ERGASTE.

C'est que tous les autres vous veulent flatter. Ils prennent si peu de
part dans vos interests , qu'ils ne sont
pas d'humeur à se faire des affaires
auprés de vous pour vous tirer de
vôtre erreur : n'agissez - vous pas
vous-même de cette maniere envers
Mirtonte ? combien de fois m'avez
vous dit que les ouvrages qu'il venoit de vous lire & que vous avez
admirez en sa presence, vous faisoient pitié , & que vous ne compreniez pas comment il se pouvoit faire
qu'un homme d'esprit fût si prévenu
en sa faveur , que des fautes aussi
grossieres que celles que vous aviez
remarquées ne sautassent pas à ses
yeux ? il semble que tous les hommes affectent de se mocquer les uns
les autres , & qu'en même tems ceux
qui sont mocquez affectent de ne

point s'en appercevoir.

PIRANTE.

Lisons , je vous prie , ensemb'e mes vers , & montrez moi les fautes que vous y trouvez.

ERGASTE.

Mon pauvre Pirante , j'aurai beau vous monstrer, vous ne pourrez rien voir : comme vous êtes beaucoup prevenu en leur faveur , vous me regarderez comme un censeur outré , vous êtes avec cela un peu en colere ; jugez si je dois esperer que vous ajoûterez foi à ma Critique ; nous disputerons ensemble, & après la dispute vous serez aussi rempli de la bonne estime que vous avez pour eux , que vous l'étiez auparavant. Vous autres Messieurs êtes rarement susceptibles de corrections ; *nihil addendum , nihil detrahendum* : Voila la devise que vous donnez à vos ouvrages. On n'y doit rien ajoûter, on n'en doit rien retrancher.

DIALOGUE XVII.

IPHITION, GERONSE.

IPHITION.

EMploions le moins de temps que nous pourrons en paroles, fongeons particulierement aux chofes. La parole doit être comme l'or, qui fous une petite étenduë a beaucoup de prix & de valeur. Je ne puis fouffrir ces parleurs qui difent tres-peu de chofes en beaucoup de paroles ; ils font faire naufrage à l'utilité des converfations, noïans, pour ainfi dire, au milieu des flots qui fortent de leur bouche, tout ce qu'on pourroit dire de folide & d'agreable.

GERONSE.

Oh ! puifque les grands parleurs, vous font infupportables, que vous feriez à plaindre fi vous demeuriez comme moi, avec Mycilas ! il ne déparle point ; quelques efforts que l'on faffe pour l'interrompre, il va toûjours fon train, & avec des yeux &

des mouvemens de mains qui en difent prefque autant que fa langue il
montre que fi on étoit d'humeur à le
vouloir abfolument faire taire , il
s'abandonneroit aux plus violens em-
portemens : cependant aprés avoir
parlé des heures entieres , il croit n'a-
voir pas prononcé beaucoup de mots,
il diroit volontiers, comme difoit Co-
lombine Doƈteur aprés avoir parlé
long-temps fans difcontinuer ! *Helas
que ne dites-vous , il y a fi long-tems
que j'attends que vous parliez.*

IPHITION.

Qie je vous trouve malheureux d'ê-
tre obligé de vivre avec un tel homme !

GERONSE.

Il eƈt dangereux de le contredire ;
il faut être de fon fentiment, ou bien
fe mettre en danger d'être injurié &
peut-être même d'être battu, fi on le
pouffe trop : on le mît un jour en un
feƈtin aux prifes avec un auffi grand
parleur que lui ; d'abord ce fût une
Comedie pour les fpeƈtateurs , mais
la fin de la piece devint Tragique ,
les deux Champions en vinrent des

Injures aux coups, ils travaillerent l'un
fur l'autre felon leurs forces, ren-
verferent la table, & firent même
beaucoup craindre pour le maître de
la Maifon qui fe trouva par malheur
pour lui entre eux-deux; mais heureu-
fement il n'eût que de la peur. Depuis ce temps-là je ne me fuis plus
étonné de voir nôtre parleur fi broüil-
lé avec la fortune, & je le regarde
comme un modelle fur lequel il eft
tres-pernicieux de fe régler; car je ne
trouve rien de fi contraire à la focieté civile, & à l'avancement dans
le monde, que fon opiniâtreté & le
peu de complaifance qu'il a même
pour ceux qui lui font du bien : il
faut être plus accommodant, fi on
veut être mieux accommodé.

DIALOGVE XVIII.

ALLIARQUE, ELVIRAMIS.

ALLIARQUE.

NE vous.est.il pas glorieux d'a-
voir tant de perſonnes qui ſont
ſous vôtre conduite, qui partent au
moindre ſignal que vous leur donnez pour executer vos commandemens, qui ne reconnoiſſent pour
bonnes qualitez, que celles que
vous avez & que vous voulez qu'ils
aient, enfin qui vous ſuivent comme leur guide, vous obeïſſent comme à leur Maître, & vous imitent
comme l'exemple qu'ils croient le
plus parfait?

ELVIRAMIS.

Tout cela peut contenter la vanité, mais non pas donner la tranquillité qui eſt le bien que j'eſtime le
plus. Ceux qui gouvernent ſont comme les corps celeſtes, qui ont beaucoup d'éclat, & qui n'ont point de
repos.

ALLIARQUE.

Quoy, Elviramis, avez-vous pré-
tendu en vous élevant à la place où
vous êtes, y demeurer sans action?

ELVIRAMIS.

Comme je regardois cette place de loin, l'éclat qui l'environne,
& les honneurs qui l'accompagnent
paroissoient seuls à ma veüe; mais
à présent que je m'y vois élevé, j'en
ressens les peines sans être touché
des honneurs que je ne reçois plus
que par habitude: il n'y a que les
soins, & les inquietudes qui se font
toûjours sentir, parce que l'on ne s'ac-
coûtume point à souffrir la douleur
de telle sorte qu'on y soit insensible.

ALLIARQUE.

Il me paroît pourtant si doux de
commander, d'être honoré, d'être
craint, qu'il me semble que ces hommages doivent adoucir toutes les
peines.

ELVIRAMIS.

Je vous répons avec cette Histoire. Denis le Tyran voïant que tous
les jours son favory Damocles luy
vouloit persuader qu'il étoit le plus

heureux des hommes à caufe de fa
royauté, de fes richeffes, & de fa
magnificence ; pour lui apprendre
qu'il fe trompoit dans cette imagination, il le convia à un grand & dé-
licieux feftin, où il le fit placer fur
un lict d'or couvert d'un tapis magnifique, lui étala toute fa vaiffelle
d'or & d'argent, voulut qu'on le
traitât avec les mêmes refpects qu'on
lui rendoit à lui-même, & fit choifir les plus beaux garçons de fa
Cour pour lui fervir fur la table les
mets les plus exquis & les plus dé-
licieux accompagnez des parfums les
plus rares. Damocles au milieu de
toutes ces delices s'imaginoit qu'il
n'y avoit point de felicité plus grande que la fienne. Pendant qu'il goû-
toit cette felicité imaginaire ; le Tyran fift pendre au plancher une épée,
qui ne tenoit qu'à un crain de che-
val fort delié, & dont la pointe me-
naçoit juftement la tête de l'heureux
Damocles, qui l'aiant apperçeuë &
par confequent le danger où il étoit
de perdre la vie, fût tout d'un coup
fi troublé & fi inquiet, qu'il n'ofa

manger un morceau, se trouva insensible à tous les plaisirs qui se pre-
sentoient à lui, & n'eût point de repos qu'après qu'il fût sorti de cette
dangereuse épreuve du bon-heur de
son maître, témoignant qu'il ne vouloit point de grandeurs ni de richesses à ce prix.

Il est vrai que la mort ne me menace pas comme ce favory; mais mille inquietudes que donne la situation
où je suis, me causent une peine à pro-
portion semblable à la sienne, &
m'empêchent de goûter ce qui vous
paroît être si doux & si agreable.

DIALOGUE XIX.

DORANTE, HARPAGE.

DORANTE.

A Voüez de bonne foi, Harpage,
que depuis que vous êtes devenu riche, & grand Seigneur, tout
vôtre avantage au dessus de ceux qui
sont dans une mediocre fortune,
c'est d'avoir soir & matin plus d'em-
C v.

barras & plus d'importunitez autour
de vous, plus de flateurs à vôtre
table, plus d'habits inutiles dans vos
coffres, plus de vanitez dans vôtre
train, plus de superfluitez en vos meubles, plus de bruit en vôtre Maison,
plus de gens qui vous regardent &
vous examinent, plus de troubles &
d'inquietudes en vôtre esprit, plus
de fureur en vos passions, plus d'im-
patience envers vos inferieurs, plus
de pechez en vôtre conscience, &
un jour plus de repentirs à vôtre mort.

HARPAGE.

Si les richesses & l'élevation étoient
toûjours & necessairement accompagnées de tous ces déreglemens;
j'avouerois ce que vous dites. Mais,
Dorante, ne peut-on pas être riche
& grand Seigneur sans avoir
un esprit inquiet & troublé, des
passions furieuses, des flateurs pour
les entretenir, une humeur impatiente & emportée & une conscience
criminelle; en même temps qu'on est
beaucoup regardé; qu'on a quelque
embarras que causent les importuns,
le bruit & les grandes affaires; qu'on a

quelques habits au delà du necessaire, & un train plus considerable, parce qu'il est proportionné au rang que l'on tient dans le monde ? Comme la grandeur & les richesses ne sont pas des maux par elles mêmes, il ne faut pas toûjours croire que ceux qui en joüissent soient imparfaits & criminels ; il y a quelquefois des ames fortes qui sont maîtresses de leurs biens & de leur fortune, qui se mettant au dessus de leur prosperité, qui s'en servent seulement comme d'un lustre qui fait paroître leur merite, & comme d'un moien qui leur procure l'exercice de plusieurs vertus heroïques qui ne seroient jamais produites par la sterilité qu'apportent la pauvreté & la bassesse.

DORANTE.

Pretendez-vous, Harpage, être du nombre de ces grandes ames ?

HARPAGE.

Je ne prétends rien, Dorante, je vous prie seulement de ne pas croire que les consequences que vous tirez de vos reflexions Morales soient si generales, qu'il n'y ait

C vj

personne qui en soit excepté. Ne
tirez jamais ces consequences pour
les particuliers que vous n'aiez bien
examiné ces mêmes particuliers :
dites tant que vous voudrez que
les richesses & la grandeur sont tres
pernicieuses pour ceux qui n'en sçavent pas faire un bon usage ; mais
n'assûrez pas, sans de nouvelles reflexions, que Marante, Doxare, Ti-
ramedon, sont dans le desordre &
dans le déreglement, parce qu'ils sont
devenus riches & grands. Seigneurs.
Il arrive souvent que les mêmes bonnes qualitez qui ont fait acquerir
les richesses & monter à la grandeur, soûtiennent ceux qui possedent
ces deux avantages. Le merite force
quelquefois la fortune à le suivre &
à rester avec lui.

DIALOGUE XX.

SYLVANDRE, THEANTE

SYLVANDRE.

CE n'est pas assez de connoître le merite des autres, il faut quand on l'a connu le bien traiter; il est vrai que ce sont deux grandes démarches à faire tout de suite, & dont la plûpart des hommes se rendent fort incapables; mais ils n'y sont pas moins obligez. Vous concevez bien pourquoi je vous parle de la sorte, Theante.

THEANTE.

Je ne le devine pas.

SYLVANDRE.

Ressouvenez-vous des éloges que vous faites d'Andrisque, & en même-temps du peu de bien que vous luy procurez, pendant que vous pourriez le traiter selon vôtre estime.

THEANTE.

S'il étoit le seul qui me parût avoir du merite, je lui ferois du bien; mais

il y en a tant d'autres, que j'épuise-
rois mon pouvoir & mon credit.

SYLVANDRE.

Faites du moins pour un ce que
vous ne pouvez pas faire pour tous
les autres, & on n'aura rien à vous
reprocher fur cette matiere ; mais
c'eſt en vain que je vous donne cet
avis. Vous êtes volontiers prodi-
gue de ce qui ne vous coute rien.
Vous eſtimerez tant que l'on voudra, pourveu que l'on s'en tienne à
vôtre eſtime.

THEANTE.

Mais n'eſt ce pas là ce qui eſt le
plus digne des gens de merite ?

SYLVANDRE.

Voila l'ordinaire raiſonnement de
ceux qui veulent juſtifier leur infenfibilité envers les grands hommes qui
foit dans le beſoin. Les bonnes qualitez de ceux-ci fervent de pretexte à
la durété de ceux-là. Ne direz vous
point, comme Maitonte, que vous
craignez qu'en faifant du bien à An-
drilque, vous ne faffiez tort à ſon

merite, en lui donnant occasion d'être
ou du moins de paroître intereffé ?
Ce détour quelque adroit qu'il foit,
ne laiffe pas de faire paroître plûtôt
de la mauvaife foi, que de la fincerité ; prenez foin de la pauvreté des
honnêtes gens, c'eft là vôtre devoir;
& laiffez leur prendre le foin de leurs
vertus ; ils ont bien fçû les acquerir
fans vous, ils fçauront encore bien
les conferver fans vous.

DIALOGUE XXI.

PHENE, ORODE.

PHENE.

UN grand Prince, quelque chofe que vous difiez, Orode,
doit plûtôt pancher, du côté de la
douceur que du côté de la feverité.
Tite fils de Vefpafien étant un jour
interrogé pour dire, lequel des deux
étoit plus naturel au Prince, ou de
recompenfer les bons, ou de châtier
les méchans ; il répondit que de même que le bras droit eft plus naturel

que le gauche, auſſi la recom-
penſe doit être plus naturelle au
Prince que le châtiment.

O R O D E.

Il ne parloit plûtôt par humeur que
par aucune réflexion qu'il eut faite
ſur cette propoſition ; il étoit d'un
temperament qui le portoit à la douceur à & la clemence.

P H E N E.

Il faut faire par juſtice & par vertu
ce que l'on ne feroit pas par tem-
perament. Ceux qui ne ſont pas
portez naturellement à la douceur
n'y ſont pas moins obligez. L'inclination naturelle n'eſt pas toûjours
conforme à la raiſon.

O R O D E.

La ſeverité ſied, ce me ſemble,
tres bien à ceux qui ont l'autorité
en main ; elle leur donne un certain
air de fierté & de frayeur qui les
fait reſpecter.

P H E N E.

Mais qui ne les fait pas aimer.

O R O D E.

A quoi ſert à ceux qui ſont au deſſus des autres de ſe faire aimer ? Ils

n'ont befoin de rien.

PHENE.

Pernicieufe maxime ! plus on eft dans l'élevation , plus on doit tâcher de fe faire aimer : parce que fe faifant haïr , on fe trouve un feul maître contre plufieurs fujets qui font en même-tems plufieurs ennemis. Mais je difpute contre vous fur cette matiere fort inutilement : car je fuis perfuadé que vous n'êtes pas moins porté à la clemence qu'un autre, & que fi vous venez de parler contre elle , c'eft à caufe de celle dont on a ufé envers vôtre ennemi. Vous fouhaitiez fa perte avec trop d'empreffement , pour être content de la grace qu'on lui a donnée. Voila l'ordinaire conduite de bien des gens ; on debite fouvent des maximes conformes à fes paffions , & on voudroit donner fa haine ou fon amitié pour regle des principes les plus generaux de la morale. Croiez-moi, Orode, ne foiez pas fi injufte , que de vouloir pour vôtre fatisfaction particuliere déregler le public par par des maximes également injuftes & dangereufes.

DIALOGUE XXII.

NICANOR, CLEON.

NICANOR.

J'Ai été surpris, parce que je n'ai pas crû qu'on voulût me surprendre. L'innocence prend moins de precautions que le crime.

CLEON.

La plûpart des hommes donnent souvent un si mauvais tour aux actions les plus innocentes & les plus droites, qu'on ne peut trop s'en défier. Ce n'est pas assez de bien faire pour la satisfaction de sa conscience, il faut pour son repos prendre toutes les mesures possibles afin d'affermir ce bien, de telle sorte qu'on n'ait rien à craindre des esprits mal intentionnez. Il faut aller au devant de leur malice pour détruire ses efforts. Il est vrai que les gens de bien, les gens qui agissent avec équité, avec droiture, ne songent guere à ces precautions ; ils jugent des au-

tres par eux-mêmes ; c'eſt pourquoi
ils ſont ordinairement plûtôt trompez que les ſcelerats.

NICANOR.

Ce qui m'eſt le plus ſenſible ;
c'eſt que je vois que deux de mes a-
mis qui m'avoient toûjours paru
être de tres-bonne foi , ſe ſont ran-
gez du côté de mes ennemis pour
prendre parti contre moi.

CLEON.

Cela ne vous doit pas étonner ,
mon cher Nicanor, l'innocent op-
primé eſt preſque toûjours abandon-
né de ceux qui paroiſſoient être les
plus attachez à ſes interêts, & il en eſt
même perſecuté , s'ils ont ſujet de
craindre quelque perſecution pour
eux-mêmes en continuant de prendre
ſon parti. De bonne-foi je ſçai bon
gré à cet ancien qui conſeilloit
d'aimer , comme ſi on devoit un jour
haïr. Je ne vois rien de plus ſûr
pour la vie civile ; je ſçai bien que
cet avis eſt contraire au principal caractere de la veritable amitié , je
veux dire, à la confiance ? mais cette
veritable amitié eſt ſi rare , que le

peu qu'il y en a dans le monde ne
doit pas empêcher de donner cet
avis comme generalement utile, avec
liberté à qui voudra d'en faire exception.

NICANOR.

Que me conseillez-vous donc de
faire contre l'injuste persecution dont
on m'afflige ?

CLEON.

De ne vous point écarter du droit
chemin que vous avez pris, de mettre toûjours vos ennemis dans leur
tort, en ne faisant rien contre eux
qui ait la moindre apparence d'injustice ou d'emportement ; de ne point
assez compter sur vôtre innocence &
sur l'équité du public, pour croire
qu'il vous rendra justice sans que
vous preniez les moiens necessaires
pour l'y engager. Enfin si vous n'êtes
point reconnu & traité pour tel que
vous êtes, de vous dire souvent à
vous-même pour vôtre consolation,
j'aime mieux être un innocent condam-
né, qu'un coupable justifié.

DIALOGUE XXIII.

EUDOXION, DORAMIS.

EUDOXION.

JE trouve toûjours Lucien entre vos mains.

DORAMIS.

Qui ne prendroit plaisir à lire un Auteur qui a si bien sçû mêler l'utile avec l'agreable ? Vous m'avez trouvé sur un endroit qui me charmoit, le voici : Les flateurs, dit-il, sont pi «
res que ceux qu'ils flatent, & sont «
cause par leur lâcheté de l'orgueil «
& de l'insolence des autres ; ce sont «
eux qui corrompent leur modestie «
par l'admiration de leur grandeur, «
& par la loüange de leurs richesses, «
au lieu que s'ils vouloient renoncer «
d'un commun accord à cette servi- «
tude volontaire, les grands leur «
viendroient faire la cour à eux mê- «
mes & les prieroient de contempler «
leur felicité, de peur qu'elle ne «
leur fût inutile. A quoi serviroient «

» tant de mets superflus, s'il n'y avoit
» personne pour en goûter, veu que
» souvent ils n'en goûtent pas eux-
» mêmes ? & que l'abondance en-
» gendre le dégoût ? A quoi servi-
» roient leurs beaux meubles & leurs
» grands palais, si personne ne les
,, venoit voir ? car ces choses ne sont
,, pas si considerables par elles-mêmes,
,, que par l'estime qu'on en fait, &
,, par l'opinion qu'on a d'être heu-
,, reux en les possedant.

EUDOXION.

Cela veut dire que l'homme ne
trouve point son plaisir en lui-même,
que ses plus grandes joies dépendent
des autres, qu'il lui faut des gens
qui regardent ce qu'il appelle son
bonheur, & que sans cela son esprit
n'est pas content.

DORAMIS.

Vous voiez que Lucien pense assez juste dans ses enjoüemens.

EUDOXION.

Ce n'est pas dans l'endroit que
vous venez de me rapporter qu'il
paroît le plus enjoüé.

DORAMIS.

Toutes les matieres qu'il traite ont toûjours écrites d'une maniere qui plaît beaucoup: ses Satires sont picquantes ; mais comme elles sont fondées sur la veritable connoissance de l'homme & sur une fidelle idée de sa nature, on les trouve également vraies & agreables.

EUDOXION.

Mais je voudrois qu'on ne lût ses ouvrages que dans la traduction françoise que Monsieur d'Ablancourt nous a donnée, ou dans une pareille à celle qui a paru depuis peu des Philosophes à l'encan : car l'original mêle en quelques endroits parmi les fleurs & les pensées morales, des expressions qui peuvent beaucoup salir l'imagination ; ce que ces deux nouveaux Traducteurs ont eu soin de retrancher, sans s'écarter du sens de l'Auteur & sans lui ôter son agrément.

DORAMIS.

Ne craignez pas que l'on aille chercher l'original, il est écrit en une langue que si peu de personnes entendent à present, qu'on ne doit pas apprehender qu'il gâte beaucoup de gens. On ne peut témoigner trop de reconnoissance envers ceux qui sçavent par leurs traductions nous donner les beautez des Anciens dégagées des soüillures qui leur ôtent une partie de leur merite. Les pedans qui ne font profession que de sçavoir le Grec & le Latin, ont beau dire qu'on fait tort à ces illustres Ecrivains, en leur retranchant les choses dans lesquelles les finesses de la Grammaire leur font voir des merveilles qui ne sautent qu'à leurs yeux. Les honnêtes-gens diront toûjours qu'une faute dans la morale apporte plus de dommage, que toutes les subtilitez grammaticales ne peuvent apporter de bien.

DIALO-

DIALOGUE XXIV.

CRITANDRE, DELANOR.

CRITANDRE.

QUe dites-vous de ma critique ?

DELANOR.

Elle est spirituelle ; mais je ne sçai si elle vous procurera la fortune que vous en esperez. Zoïle aiant autrefois dédié à Philadelphe Roy d'Egypte un livre fait contre les ouvrages d'Homere, dans l'esperance d'en obtenir une recompense considerable ; ce Roi pour le tourner en ridicule, lui dit qu'il n'étoit pas necessaire qu'il lui fit du bien, parce qu'un homme qui en sçavoit plus qu'Homere qui avoit fait subsister tant de gens, ne pouvoit pas manquer de quelque chose. Comme celui que vous attaquez s'est beaucoup avancé dans le monde par ses ouvrages, ne craignez-vous pas que, voulant passer pour être plus habile que lui par la critique que vous faites de ses livres ,

D

on ne croie en effet que vous l'êtes, &
que tous les particuliers ne negligent
de vous faire du bien , dans la pensée qu'ils auront que vôtre merite
engagera assez le public à vous en
faire ?

CRITANDRE.

C'est là une raillerie qui ne veut
rien dire , & que je ne comprens pas;
comment voulez vous que ces particuliers qui refuseront de me procurer aucun avantage, puissent s'imaginer que le public m'en procurera
assez , puisque ce sont eux-mêmes
qui forment ce public ?

DELANOR.

J'ai autant de peine à comprendre
comment un Autheur qui critique
les grands hommes peut faire un
grand progrez dans le Royaume de
la fortune , que vous en avez à
comprendre ce que je viens de vous
dire.

CRITANDRE.

Pourquoi ?

DELANOR.

C'est qu'il est bien difficile de reus-
sir quand on entreprend de diminuer

la reputation de ceux qui l'ont éta-
blie ſur beaucoup de merite : ſouvent
on demeure en chemin , & on n'a
que de la confuſion pour la recom-
penſe de ſon entrepriſe. Ajoûtez à cela
que, comme il y a bien plus d'ignorans
que de ſçavans , ceux-là voiant qu'on
attaque ceux-ci, craignent à plus forte
raiſon pour eux-mêmes; & ainſi ſe font
une raiſon d'interêt & de politique
de détruire autant qu'ils peuvent
les aggreſſeurs.

CRITANDRE.

Tout cela eſt un raiſonnement tiré
par force qui ne prouve rien , parce
qu'il n'eſt fondé que ſur vôtre imagination.

DELANOR.

Peut-être juſtifierez-vous vous-même ce raiſonnement.

D ij

DIALOGVE XXV.

RAGOTIN, SUCIDAS.

RAGOTIN.

QUe vous êtes de pauvres gens
vous autres sçavans, & que
vous faites de sots personnages auprés des belles !

SUCIDAS.

Je juge de la maniere dont je vous
entens parler, pue c'est de vous
que l'Illustre Satyrique François a
fait le portrait, quand il a dit.

 Un galant, de qui tout le métier ;

*Est decourir le jour de quartier en
  quartier,*

*Et d'aller à l'abry d'une perruque
  blonde,*

*De ses froides douceurs fatiguer le
  beau monde,*

*Condamne la science, & blâmant tout
 écrit,*

Croit qu'en lui l'ignorance est un titre d'esprit,

Que c'est des gens de cour le plus beau privilege,

Et renvois un sçavant dans le fonds d'un Collège.

N'est-il pas vrai, Ragotin, que quand il arrive qu'étant auprés de ces Belles dont vous parlez, avec vôtre Etalage de parures, vôtre Tabatiere à la main, vôtre Chapeau un peu de côté, que vous serrez le doigt à l'une, que vous prenez l'Evantail de l'autre, qu'enfin vous changez 20. fois de place en un quart d'heure, n'est-il pas vrai, dis-je, que vous vous imaginez être le plus joli homme du monde?

RAGOTIN.

Je ne sçai pas si je suis joli, je sçai du moins que je ne suis pas si ennuyeux que vous dans ces sortes de compagnies.

SUCIDAS.

Il est vrai que dans ces sortes de

D iij

Compagnies de bagatelles, vous faites tant de badineries differentes,
qu'elles peuvent diſtraire de l'ennuy
qu'un homme plus uni que vous y
pourroit cauſer : à vous dire le vrai,
je vous loüe de vôtre conduite ; car,
comme vous voulez faire un métier
de badinage , & que les perſonnes
que vous frequentez pour l'exercice
de vôtre profeſſion , n'aiment que
les bagatelles , vous avez fait ſage-
ment, d'acquerir les qualitez qui y
ſont neceſſaires ; c'eſt une grande
perfeƈtion que de ſçavoir bien remplir ſon état.

RAGOTIN.

Voila bien du Phœbus pour me
railler.

SUCIDAS.

Si le moindre petit raiſonnement
vous paroît Phœbus & galimatias ,
c'eſt une marque que vous raiſon-
nez rarement, & que dans la conduite
dont je viens de vous dire que je
vous loüe , vous agiſſez plus par tem-
perament que par reflexion.

RAGOTIN.

Tous ces grandes faiſeurs de Ré-

flexions, ne font pas les plus fages.

SUCIDAS.

Ils doivent pourtant l'eſtre plûtôt que ceux qui n'en font point.
Mais, comme vous ne ſçavez pas
ce que c'eſt que Reflexion, & que
peut être vous n'en avez pas fair
une pendant vôtre vie ; j'aime mieux
me taire, que de diſputer avec vous
là-deſſus.

DIALOGVE XXVI.

VANITION , DIVINO R.

VANITION.

SIntor a du merite , il eſt vrai,
il parle agréablement, il ſçait beaucoup , il eſt de bonne foi , obligeant;
mais avec tout cela il ne ſe fait
point aimer de ceux qui le frequen-
tent , parce qu'il a un orgueil qui
le rend auſſi odieux , que ſes bonnes
qualitez le devroient rendre aimable.

DIVINOR.

L'orgueil eſt un ver qui ronge le
merite des plus belles vertus , &
qui ôte tout l'agrément des plus
belles perfections , il fait paroître
la liberalité , ſuſpecte ; le deſintereſ-
ſement, ambitieux; la prudence, mal
intentionnée ; l'amitié , incommode ;
la pieté, déguiſée. C'eſt un vice qui
rend cruel dans la vengeance , trompeur dans la fuite de la dépendence,

& impie dans les moiens qu'il fait prendre afin de faire paſſer les vices pour vertus.

VANITION.

Je ne m'étonne plus de l'averſion que l'on a pour les orgueilleux.

DIVINOR.

Il ne faut pas que vous croiez que cette averſion vienne toûjours de la conſideration de tout ce que je viens de vous dire ; car ordinairement ce n'eſt que nôtre propre orgueil , qui nous rend celui des autres odieux & inſupportable. Nous les regardons comme des ambitieux qui ne ſongent qu'à s'élever au deſſus de tous les hommes : & comme nous ne ſommes pas naturellement d'humeur à ſervir de marche _ pied à l'élevation des autres , nous ne pouvons les ſouffrir.

VANITION.

Je croi que cette derniere raiſon que vous me donnez de l'averſion que l'on a pour les orgueilleux eſt la plus veritable, parce qu'elle eſt puifée dans le fentimens de la nature.

DIVINOR.

Perfuadez vous que dans nos a-
mours, & dans nos haines nous nous
regardons premierement nous mêmes, & que nous ne nous perdons
point de veuë.

DIALOGVE XXVII.

PHILINTE, SESTIAN.

PHILINTE.

JE m'étonne de ce que vous lifez
fi fouvent les œuvres de faint Euremont ; car elles donnent une idée
peu favorable des Mathématiques
pour lefquelles vous avez, à ce que
vous nous dites tous les jours, une
forte inclination.

SESTIAN.

Il ne me paroît pas par la lecture
que j'ai faite de fes ouvrages qu'il
leur foit fort contraire ; il en fait
même en quelque maniere plûtôt
l'éloge que la cenfure ; voici ce
» qu'il en dit. Les Mathematiques,

à la verité , ont beaucoup plus de "
certitude ; mais quand je songe aux "
profondes méditations qu'elles exi-"
gent, comme elles vous tirent de "
l'action , & des plaisirs pour vous "
occuper tout entier ; ses demons-"
trations me semblent bien cheres , "
& il faut être fort amoureux d'une "
verité , pour la chercher à ce prix-"
là. Vous me direz que nous avons "
peu de commoditez dans la vie, peu "
d'embelissemens dont nous ne leur "
soions obligez. Je vous l'avoûrai "
ingenûment , & il n'y a point de "
loüanges que je ne donne aux "
grands Mathematiciens , pourveu "
que je ne le sois pas. J'admire leurs "
inventions , & les ouvrages qu'ils "
produisent : mais je pense que c'est "
assez aux personnes de bon sens de "
les sçavoir bien appliquer. Car , à "
parler sagement , nous avons plus "
d'interest à joüir du monde , qu'à "
le connoître. Vous voyez par ces "
paroles que Monsieur de saint Euremont regarde les Mathematiques
comme des sciences qui convain-
quent l'esprit , & lui apprennent à

connoître , & à aimer la verité ; qui
demandant une grande application
pour être bien conçuës , éloignent
des plaiſirs ceux qui s'adonnent à ces
ſciences , & enfin qui apportent
beaucoup d'utilité & d'agrément
dans le monde. Appellez vous cela
être peu. favorable aux Mathematiques ?

PHILINTE.

Il ajoûte pourtant qu'il n'y a
point de loüanges qu'il ne donne aux
Mathematiciens , pourveu qu'il n'en
ſoit pas du nombre.

SESTIAN.

Monſieur de ſaint Euremont eſt un
bel eſprit qui n'aime point les fortes applications , & qui n'eſt pas en-
nemy des plaiſirs ; il montre aſſez
ce caractere , quand , aprés avoir
parlé de l'attention que les Mathematiques exigent , de leur utilité , & de
leur antipathie pour les plaiſirs qui
diſſipent , il ajoûte , qu'il les loüe ,
mais qu'il n'aime pas à les étudier,
Il a un diſcernement trop juſte pour

leur refuſer la juſtice que tous les
ſçavans & tous les gens de bon goût
leur doivent ; & il aime en même-
temps trop la liberté de ſon eſprit ,
pour l'y abandonner avec l'application qu'elles demandent.

PHILINTE.

Mais il me ſemble , autant que j'en
puis juger par la connoiſſance que
j'ai d'un des plus habiles Mathematiciens qui ſoit au monde , je veux dire l'illuſtre Monſieur Ozanam: Il me
ſemble , dis-je , que ceux qui y excellent , ne ſont pas ſi ſauvages & ſi
ſombres , qu'on nous le voudroit faire croire. Monſieur Ozanam poſſéde en
perfection l'Algebre, la Geometrie l'a-
ſtronomie, & enfin ce qu'il y a de plus
ſpeculatif dans ces ſciences, & en même-
temps ce qu'elles contiennent de plus
curieux & de plus neceſſaire dans
la pratique , comme tous ſes beaux
& ſçavans ouvrages en font foi: Cependant il ne laiſſe pas d'être beaucoup agréable dans la converſation ;
quand il nous donne de ſon caffé,
il nous dit le petit mot pour rire

avec un enjoûëment qui le fait aimer, & qui réjoüit beaucoup ceux
qui font affez heureux pour pourvoir lui dérober un peu de fon temps
afin de joüir de fon entretien.

SESTIAN.

Je connois fon merite auffi - bien
que vous : allons, je vous prie, le
voir, pour nous entretenir avec lui
des fentimens de Monfieur de faint
Euremont fur les Mathèmatiques.

PHILINTE.

Vôtre propofition me fait bien du
plaifir, allons.

DIALOGVE XXVIII.

TIMANTE, SPIRIDON.

TIMANTE.

APprenez-moi , je vous prie , Spiridon, ce que vous fçavez des Oracles de l'antiquité. Ces quatre Vers que je viens de lire dans la Tragedie des Horaces de Monfieur Corneille , me donnent cette curiofité.

Un Oracle jamais ne fe laiffe comprendre ,

On l'entend d'autant moins que plus l'on croit l'entendre ,

Et loin de s'affûrer fur un pareil Arreft ,

Qui n'y voit rien d'obfcur doit croire que tout l'eft.

SPIRIDON.

Il me faudroit plus de temps de

je n'en ai pour rappeller dans mon
esprit ce que je pourrois vous dire
sur cette matière ; j'aime mieux vous
renvoyer à ce qu'en a écrit Monsieur Vandal , & après luy l'Illustre
Monsieur de Fontenelles ; ou bien, si
vous voulez, à ce qu'en a dit l'Autheur des remarques Critiques , Morales , & Historiques sur les plus
belles , & les plus agréables pensées qui se trouvent dans les ouvrages des Autheurs anciens & modernes ; vous y trouverez en abre-
gé , & d'une manière assez curieu-
se , ce que vous souhaittez sçavoir.

TIMANTE.

J'aurois trop à lire ; je ne veux
pas qu'il m'en coûte tant de peine
pour contenter ma curiosité.

SPIRIDON.

C'est-à-dire que vous ne vous
souciez guères de sçavoir ce que
c'est qu'Oracle. Vous avez raison;
car il y a bien du pour & du contre qui vous embarrasseroit : outre
que si dans cette matière on prend
un certain parti , qu'on est porté

naturellement à prendre , on s'expofe à fe faire des affaires avec ceux qui croient facilement les chofes extraordinaires.

TIMANTE.

Oh ! j'aime mieux être le plus ignorant de tous les hommes que de m'expofer à quelque chagrin en me rendant fçavant.

SPIRIDON.

Tous les fçavans ne s'expofent point à ce chagrin que vous craignez ; ceux-là feulement fe mettent dans ce danger , qui s'enteftent avec opiniâtreté , qui de matieres indifferentes par elles-mêmes s'en font de criminelles par leur partialité , & qui foûtiennent hardiment & fans marquer aucune difpofition à changer de fentiment , quand même on leur feroit voir de l'erreur dans ce qu'ils penfent ; qui foûtiennent dis je, des opinions extraordinaires , particulieres , contraires aux plus communes , & par confequent à celles qui paroiffent les plus juftes & les plus raifonnables.

TIMANTE.

Adieu ; voila des Orades pour moi qui suppleéront à ceux que je voulois sçavoir, & qui me feront plus utiles.

DIALOGUE XXIX.

DAMIS, ARGANTE.

DAMIS.

Vous êtes trop élevé au deſſus des autres, pour eſperer qu'ils vous diſent la verité, quand ils ſçauront qu'elle pourra vous déplaire,

ARGANTE.

Je me ſuis perſuadé que le ſilence qu'on a gardé, lorſque ceux qui étant preſens à nôtre diſpute pouvoient dire leur ſentiment ſur les objections qu'on me faiſoit, étoit un jugement favorable pour moi.

DAMIS.

Le ſilence qu'on obſerve en preſence des Grands, quand il s'agit de dire ſon ſentiment ſur ce qui les regarde, eſt ſouvent une condamna-

tion tacite contre-eux ; car, si on
avoit raison de les approuver, on ne
manqueroit pas de parler pour leur
plaire. Un jeune Italien fort spiri-
tuel entrant un jour dans la Chambre du Cardinal Salviati, & le trouvant en dispute avec un homme qui
joüoit avec lui aux échets, lui donna d'abord le tort, sans entendre les
raisons de l'un n'y de l'autre ; & le
Cardinal lui demandant pourquoi il
jugeoit ainsi, sans sçavoir le fait :
parce que, répondit-il, si vous a- "
viez raison, tous ces Messieurs "
qui sont témoins de la difficulté "
qui s'est élevée dans vôtre jeu, "
auroient d'abord jugé en vôtre fa- "
veur ; au lieu qu'il n'y en a pas un "
entre eux qui ose dire son avis, "
parce que vous avez tort.

ARGANTE.

Outre que je ne témoigne jamais
de ressentiment lorsqu'on ose me reprendre avec prudence & avec équité, la maniere reconnoissante avec
laquelle je reçois les avis les plus
piquans, quand je les crois donnez
de bonne foi, doit engager à me

les donner fans crainte.

DAMIS.

La puiffance infpire toûjours de la timidité à ceux qui en dépendent. On trouve peu de ces gens hardis qui la regardent fans en être effraiez. Qui eft-ce qui ne craint pas de dêplaire à celui qui a les armes à la main, & auquel on ne peut refifter?

ARGANTE.

Ainfi les Grands font affez malheureux pour n'avoir prefque toûjours autour d'eux que des perfonnes deguifées, des efpeces d'ennemis qui fous des paroles ou des manieres d'agir obligeantes & refpectueufes, ne cachent que du mépris & de l'indignation, ou du moins de l'indifférence.

DAMIS.

Si les Grands veulent toûjours avoir auprés d'eux des perfonnes finceres dans les loüanges & dans les applaudiffemens qu'ils en recevront, ils n'ont qu'à les meriter.

DIALOGUE XXX.

LISTOR, MEGATHYME.

LISTOR.

ON a dit qu'un Prince, qui se donne la peine d'instruire lui-même son fils, ne tarde gueres à le rendre habile homme, parce que le disciple est plus docile, à cause du respect que lui imprime la majesté du Maître, & que le Maître est plus soigneux, à cause de l'interest qu'il prend dans l'education du disciple. Cette pensée contient pour tous les peres un avis qu'ils ne devroient jamais negliger. Vous voulez bien que je vous dise, Megathyme, que vous ne le mettez point du tout en pratique ; il est vrai que vous avez donné un habile Precepteur à vôtre fils, mais ce n'est pas assez, vous devez autant que vous pourrez appuier & fortifier par vôtre presence les instructions qu'il lui donne ; vous devez agir comme si

vous vous defiez de la vigilance du
Maître , c'eſt-à-dire , faire rendre
compte au diſciple de ce qu'il apprend ; cette conduite ſera fort agreable au Precepteur s'il fait veritablement ſon devoir , rendra vôtre fils
plus diligent , & le perſuadera en
même-temps de l'utilité des ſciences
qu'on lui montre ; puiſqu'il verra que
vous prendrez ſoin d'examiner les
progrez qu'il y fait.

MEGATHYME.

Les differentes occupations qui
m'ettraînent m'empêchent d'avoir ce
ſoin.

LISTOR.

On a fait autrefois une belle deviſe
pour un grand Miniſtre ſur ce ſujet.
On repreſentoit un Cadran éclairé
du Soleil , avec ces mots.

Meque regit dum dirigit orbem.

Il me regle en reglant le monde.

Vous apprenez par cette deviſe
que ce grand homme chargé des plus
peſantes affaires du monde ne laiſſoit
pas en les conduiſant , d'avoir ſoin

de l'éducation de fon fils ; auffi avons nous veu dans la fuite, ce fils remplir dignement la place de fon Pere. Croiez-moi, Megathyme, puifque tout ce que vous faites tend particulierement à rendre un jour vôtre fils riche & puiffant, mêlez dans la conduite que vous gardez pour le faire parvenir à la grandeur & aux richeffes, quelques momens pour lui apprendre par vous-même les moiens de joüir avec honneur des grands biens, & de l'elevation que vous lui laifferez. Soiez perfuadé qu'il ne fera jamais veritablement grand Seigneur qu'il ne foit grand homme de bien, & qu'ainfi de ces deux qualitez, la premiere étant entierement dépendante de la feconde, un pere doit regarder celle-ci comme le principal objet de l'éducation de fes enfans.

DIALOGVE XXXI.

AGENORQUE, CLEONTOR.

AGENORQUE.

Q Uelqu'un difant un jour à
Monfieur Voffius le pere, qu'il
ne penfoit pas qu'il y eût rien dans
la république des Lettres qu'il igno-
,, rât : Vous vous trompez fort, lui
,, répondit-il, je ne fçai pas le quart
,, des chofes qu'un jeune Miniftre
,, croit fçavoir.

CLEONTOR.

Ce que Monfieur Voffius, difoit
d'un jeune Miniftre , fe peut dire
prefque de tous les jeunes gens qui
ont quelque teinture des fciences ;
ils s'imaginent , par exemple au for-
tir du College , qu'il fçavent tout ,
quoiqu'ils n'aient appris qu'à étudier.

AGENORQUE.

C'eft qu'ils ont fi peu pénétré
dans les fciences, qu'ils ne connoiffent point ce qu'elles contiennent,

ils

ils ne les ont veuës que superfi-
ciellement & de loin , en apprenant
seulement un peu de ce qui sert à les
acquerir , je veux dire un peu de
Grec & de Latin ; avec cela ils
croient être de veritables sçavans.

CLEONTOR.

Leur presomption n'est pas tout-à-
fait blâmable. Ces pauvres enfans
voient qu'on ne les a occupez pendant huit ou neuf années de leur premiere jeunesse que de Grec & de Latin , comment ne s'imagineroient-
ils pas être habiles , puisqu'ils ne
sçavent , & n'ont veu que ce Latin
& ce Grec ? Comment ne croiroient-
ils pas que ce qu'ils ont appris est de
la premiere consequence , puisqu'ils
y ont emploié le premier temps de
leur vie ; je veux dire le temps auquel ils étoient par leur flexibilité,
& par leur facilité à recevoir les
impressions qu'on leur voudroit donner , les plus propres à ce qui rend
habile homme ?

AGENORQUE.

Vous les justifiez agreablement dans
leur petite vanité.

E

CLEONTOR.

Dites dans l e u petite & innocen-
te vanité. Ils coient être fçavans,
il est vrai ; mais n'a-t on pas affez
emploié de temps pour le leur faire
croire ? Et comment voulez - vous
qu'ils refiftent à la tentation de fe
croire habiles, puis qu'ils ont bien
appris la feule fcience dont on leur
a parlé. Ils ne font point fçavans,
il eft vrai, parc: qu'on ne leur a montré que la voie qui conduit aux
fciences ; mais ils ne font point tout-
à-fait criminels en le croiant être,
parce qu'on leur a donné fujet de
croire par un exercice de plufieurs années, qu'ils l'étoient veritablement.

DIALOGVE XXXII.

LISARQUE, MAXIME.

LYSARQUE.

A Qui dediez-vous vos ouvrages?

MAXIME.

A un homme de qualité & fort riche.

LYSARQUE.

Eft-il habile homme, ou du moins aime-t-il ceux qui le font?

MAXIME.

Pour habile homme, je!fuis affu,ré qu'il ne l'eft pas; & je doute, à vous dire le vrai, s'il eftime les fça-vans. Mais quoiqu'il en foit, je lui dédie mon Livre, parce que je ne puis lui donner d'autre marque de la reconnoiffance que je lui dois pour le mal qu'il ne m'a pas fait, & qu'il me pouvoit faire; je vais faire relier ce Livre le plus magnifique-

E ij

ment qu'il me fera poſſible , afin
que du moins il l'eﬅime & le loué
par la couverture.

LYSARQUE.

Il ne ſeroit pas le premier , qui
n'auroit eﬅimé un Livre que par la
peau de l'animal qui le coûvre. Autrefois Eraſme , qui , comme vous
ſçavez, étoit un des plus ſçavans de
ſon temps , prit la peine de dedier
un Livre à un Evêque , qui le rece-
vant avec un ris qui deſoloit nôtre
Autheur , ﬁt venir un Libraire pour
eﬅimer la relieure & le Livre , qu'il
lui paia ſur le champ pour toûte re-
compenſe. Qu'un Autheur comme
Eraſme eﬅ mortiﬁé dans une telle
occaſion !

MAXIME.

Vous m'inquietez avec vôtre hiſtoire.

LYSARQUE.

Pour vous ôter d'inquietude , ne
dédiez pas ; vous en ôterez peut-être
en même temps celui à qui vous de-

dieriez ; car il y en a beaucoup qui
regardent un Autheur lors qu'il leur
apporte une Epître dédicatoire, comme un importun qui demande l'au-
mône avec compliment & avec éloquence. Cela les embarafferoit moins,
s'ils ofoient le renvoier avec un
Dieu vous affifte. Mais un je ne fçai
quel caractere imprimé fur le front
des Sçavans les empêche de les traiter comme les autres pauvres qui
attendent d'eux des effets de leur
charité.

MAXIME.

Comme les autres pauvres ! vous
pretendez donc que tous les Sçavans
font pauvres ?

LYSARQUE.

S'ils ne font pas pauvres, ils ne
font pas riches ; du moins il y en a
fi peu du nombre de ceux-ci , qu'ils
ne doivent pas, ce me femble, empêcher de dire en general, que tous
les Sçavans font pauvres.

E iij

DIVLOGVE XXXIII.

EUDOXIS , ISMONAX

EUDOXIS.

POint de complimens , je vous prie.

ISMONAX.

Pourquoi vouloir m'empêcher de vous rendre la justice que je vous dois , c'est-à-dire de vous témoigner que (quelque chose que vous fissiez pour vous cacher) je vois éclater en vous mille belles qualitez, dont la moindre feroit la perfection des ames communes.

EUDOXIS.

Encore une fois, Monsieur Ismonax , point de complimens ; je me défie toûjours de ces exagerations obligeantes , de ces loüanges , qui me paroissent plûtôt étudiées que sinceres , & quand je vois des gens comme vous , je me perſuade qu'ils veulent par des complimens ſur un merite imaginaire m'endormir dans mes miſeres réelles.

ISMONAX.

Vous me prenez donc pour un flatteur ?

EUDOXIS.

Je vous prens pour un homme qui me loüe avec hyperbole, qui penſe autrement qu'il ne parle, qui m'aſſure qúe j'ai des perfections que lui & moi ſçavons fort bien que je n'ai pas. Si c'eſt-là flatter ; je vous prens pour un flatteur.

ISMONAX.

Les flatteurs ſont des ames intereſſées qui agiſſent avec des motifs que j'ai en horreur.

EUDOXIS.

Hé bien ! je ne vous prendrai pas pour un flatteur intereſſé, mais pour un flatteur obligeant , qui me veut donner une belle idée de moi-même ;

ou pour un peintre complaisant qui
aime mieux pecher contre la ressem-
blance, que de ne pas faire un portrait flatté ; & ainsi, en même temps
que vous me copiez si obligeamment
& si faussement, qu'arrive t-il? le voici,
d'un côté on vous prend, ou pour un
ignorant qui n'a pas assez de lumieres
pour bien connoître & distinguer le
merite, ou pour un flateur qui sacri-
fie la verité à ses lâches complaisan-
ces ; & d'un autre côté on me croit
la duppe de toutes vos cajoleries,
on remarque mes défauts avec plus
d'exactitude & de reflexion, & on les
censure avec moins de misericorde ;
parce qu'on croit qu'en vous écoutant je me les cache à moi-même,
ou du moins que je les veux faire
cacher par les autres. Jugez si j'ai lieu
d'être content de vous, & si vous avez
lieu d'esperer de l'estre de moi.

DIALOGVE XXXIV.

TERSANDRE, RODELANIRE.

TERSANDRE.

DAminde difoit hier, ma fœur en vous voiant dans l'étalage magnifique de vos habits, que l'on pouvoit vous appliquer cette penſée d'un Poëte, *pars minima eſt ipſa puella ſibi.* Dans cet équipage la perſonne eſt la moindre partie d'elle-même.

RODELANIRE.

Il ne fait donc pas grande eſtime de moi, puiſqu'il pretend que je vaux moins que mes atours.

TERSANDRE.

Je voulus prendre vôtre parti, mais il penſa me teraſſer par l'exageration & la deſcription patetique qu'il fit de l'attachement que les femmes ont pour les parures, des ſoins qu'elles prennent pour ſe les procurer, &

E v

de la dépense qu'elles font pour les
entretenir. Ce qui m'impatiente con-
tr'elles, me disoit-il, c'est qu'elles
regardent cette occupation, comme
l'affaire de la plus grande conséquence qui soit dans la vie : quand une
Dame sort de sa Chambre après
avoir raisonné avec les Coëffeuses,
les Tailleurs & les Marchands de
bijoux & d'étoffes ; elle est aussi fa-
tiguée, & s'imagine sortir d'une occupation aussi serieuse, que si elle
sortoit avec les Ministres d'Etat du
conseil du Roi.

RODELANIRE.

Qu'on nous donne entrée dans les
affaires de conséquence, nous ne
nous en ferons pas une de nos parures,
qui sont presque le seul exercice auquel on nous abandonne, & dont on
nous laisse les Maîtresses ; il faut bien
que nous le regardions comme nôtre
principal, si nous ne voulons pas
passer nôtre vie dans une oisiveté
presque continuelle. Qu'on nous laisse du moins sans nous inquieter,
maîtresses de cette bagatelle, nous

fommes affez dépendantes en toute autre chofe.

TERSANDRE.

Hé ! qui eft-ce qui n'eft pas dépendant ?

RODELANIRE.

Ah ! nous y voilà. On va remonter jufques à Dieu, & foüiller jufques dans la plus profonde Morale, afin d'y trouver des raifons pour nous prouver que nous ne devons point porter un certain ruban fur nôtre tête, nous fervir de certaines étoffes plûtôt que d'autres, pendant que jufques à prefent aucune de nous n'a fongé à faire des procez aux hommes fur les rubans qu'ils portent à leurs cravattes, fur leurs grandes perruques dont ils pourroient bien fe paffer, fi fe contentant de leurs cheveux, ils ne vouloient pas fe déguifer, ou faire d'inutiles dépenfes ; enfin fur des changemens continnels & bizarres dans leurs habits ; nous voions tout cela & nous le croions de fi peu de confequence, que nous ne fongeons

E vj

n'y à en faire des crimes, ny même à
nous en mocquer.

DIALOGUE XXXV.

LYCARSIS. DYMAS.

LYCARSIS.

ON Critique cruellement vôtre
Livre, dittes-vous, Dymas ;
avant' que de le donner au public,
vous deviez-vous persuader, que vous
auriez autant de Juges, qu'il auroit
de lecteurs. *Qui scribit multos sibi su-*
mit judices.

DYMAS.

Mais ce qui me fâche, c'est que
l'on prend plaisir à grossir des fautes
tres legeres qui s'y trouvent, pour
détruire tout le merite que pourroit
avoir l'ouvrage.

LYCARSIS.

La censure, la satyre, ou si vous
voulez la Critique n'ont point épar-
gné les plus grands hommes. Un

certain Palæmon traitoit de porc,
Varron, qui paſſoit pour le plns ſçavant de tous les Romains. Il y en a qui
ont oſé accuſer Ciceron d'avoir un
ſtyle aſiatique trop mol, & trop abondant en paroles. D'autres ont repris le Latin de Virgile, comme s'il
s'étoit ſervi d'expreſſions ruſtiques.
Ils ſe mocquoient de lui par ſes propres Vers.

Dic mihi, Damæta, cujum pecus ?
anne Latinum ?

Non, verùm Ægonis, noſtri ſic rure
loquuntur.

DYMAS.

Les hommes ſont bien injuſtes, de
n'avoir pas plus d'égard pour ceux qui
travaillent à les inſtruire.

LYCARSIS.

Comme perſonne n'aime à s'abaiſſer, & qu'il ſemble que l'on ſe met
en quelque ſorte au deſſous de celui
que l'on approuve, au lieu qu'on s'éleve au deſſus de celui que l'on reprend ; il ne faut pas s'étonner, ſi

on aime mieux cenfurer que loüer.

DYMAS.

Me confeillez-vous de répondre à la critique que l'on a faite de ces bagatelles ?

LYCARSIS.

Je vous confeille de laiffer pour quelque temps le public juge de ce procez. S'il vous rend juftice, faites voir par un filence indifferent la foibleffe & la vanité des attaques de vos ennemis ; s'il vous rend injuftice, emploiez la prudence, la douceur, la patience, & la moderation, pour redreffer fon jugement, & le rendre plus équitable ?

DYMAS.

Mais comment connoître le fentiment de ce public ?

LYCARSIS.

Vos amis le connoîtront par ce qu'ils entendront dire, & vôtre Libraire vous en dira des nouvelles felon le débit qu'il fera de vôtre Livre.

DYMAS.

Il me paroît en eſtre content, particulierement depuis la critique qu'on en a faite.

LYCARSIS.

Vous voiez donc bien, que les critiques ne font pas tant de mal, que vous penſez, aux Livres qu'elles attaquent. Il y a des Auteurs qui en font ſi bien perſuadez, qu'ils ſe critiquent eux-mêmes.

DYMAS.

Peut-être eſt-ce auſſi pour prevenir ceux qui voudroient les maltraitter. Les coups que l'on ſe porte ne font pas tant de mal que ceux qu'on pourroit recevoir des autres.

LYCARSIS.

J'avoüe avec vous qu'ils peuvent être pouſſez par ce motif.

DIALOGUE XXXVI.

CLINDOR, ERASTE.

CLINDOR.

CE qui ruine le plus ordinairement les familles, c'est qu'elles reglent leur dépense sur leur état, & non pas sur leur bien.

ERASTE.

Darimante a fait une funeste épreuve de cette verité ; il ne s'est pas contenté de son élevation, il a voulu y paroître avec éclat ; & pour joüir pendant quelques années d'une gloire imaginaire, il s'est reduit pour tout le reste de sa vie à une misere réelle & veritable.

CLINDOR.

Darimante est fort à plaindre ; c'est un tres honnête homme, un homme bien faisant ; & s'il s'est

ruiné par les dépenfes exceffives
qu'il a faites, il a agi plûtôt par
erreur, que par orgueüil ; il a crû,
comme croient bien d'autres, qu'un
grand nombre de Domeftiques, un
gros équipage, de riches emmeu-
blemens, de belles Maifons ; jil a
crû, dis-je, que tout cela donne un
relief à la dignité, une certaine majefté à ceux qui y font élevez, &
leur attire le refpect & l'obeiffan-
ce que leur naiffance ne leur donne pas droit d'exiger, & que leur
doivent pourtant rendre ceux qui
font dépendans de leur fortune.

ERASTE.

Appellez-vous erreur cette penfée de Darimante ? il ne s'eft point
du tout trompé. L'apparence impo-
fe fouvent autant que la realité.
Quand vous entrez dans de riches
appartemens, ne vous fentez vous
pas prevenus d'un profond refpect
pour celui qui en eft le maiftre,
quand même vous ne le connoîtriez pas ?

CLINDOR.

Ce respect est bien superficiel, & tres peu glorieux pour celui qui en est l'objet. Pauvre gloire que celle que nous nous attirons par les choses exterieures , par ce qui n'est pas de nous ! aussi voions nous tous les jours , que ces honneurs suivent les mouvemens de cet éclat ; qu'en même temps que celui-ci disparoît , ceux-là se dissipent , & souvent se changent en mépris , si celui à qui on les rend n'a aucun merite personnel.

DIALOGUE XXXVII.

FLAVIAN, LOPES.

FLAVIAN.

VOus avez agi un peu en Alexandre, quand à l'occasion de
l'offre qu'on vous a faite de vous
donner place dans cette nouvelle as-
semblée, vous avez dit que vous en
feriez volontiers, parce que l'illustre
Damix en étoit.

LOPES.

Je ne vois pas en quoy j'ai fait l'A-
lexandre dans cette occasion.

FLAVIAN.

Ressouvenez-vous, s'il vous plaît,
que les Corinthiens ayant fait Alexandre citoyen de leur Ville, &
l'aiant assuré que par cette déference
ils l'avoient traité comme Hercule:
En verité, Messieurs, leur dit-il, ``
dans l'honneur que vous m'avez ``
fait, je n'aime que la comparaison, ``

vous comprenez à préfent ce que je
voulois dire. Que penfez - vous de
cette nouvelle focieté ?

LOPES.

Qu'elle fera paroître dans les commencemens beaucoup d'ardeur pour
bien s'acquiter de l'exercice qu'elle
embraffe ; & que dans la fuite des
temps elle pourra être fujette à quelque relâchement , comme il arrive
prefque toûjours à ces fortes d'éta-
bliffemens. D'abord on ne penfe qu'à
contenter les deffeins du fondateur,
à concourir au bien commun ; enfin
il femble qu'on ne fonge , comme
Zeuxis , qu'à travailler pour l'éternité. Dans la fuite plus on s'éloigne
de la fource , moins on en conferve
la pureté ; chacun fonge à fes intérêts
particuliers , & on leur facrifie volontiers ceux de la Communauté.

FLAVIAN.

Vous avez donc bien mauvaife opinion de vous-même pour les années
à venir.

LOPES.

Je ne pretens pas parler contre moi. Je suis du nombre des premiers associez, & du temps de l'établisse-ment, & par consequent je ne con-tribuerai pas à sa destruction. C'est dans nous autres que se trouve tou-te l'ardeur ; nous en sommes comme les Patriarches. Personne ne pourra être plus rigides observateurs que nous des regles que nous avons éta-blies. Cela ne manque jamais. Les novateurs sont trop préoccupez en faveur de leurs nouveautez , pour manquer aux devoirs qu'ils y impo-sent.

DIALOGVE XXXVIII.

PHRONIME, THEADOR.

PHRONIME.

QUe trouvez-vous de si beau dans
vôtre sonnet de Sarrasin, voions,
repetez-le, je vous prie.

THEADON.

Volontiers, le voici.

Lors qu'Adam vit cette jeune beauté
Faite pour lui d'une main immortelle,
S'il l'aima fort, elle de son côté
(Dont bien nous prend) ne lui fut pas
  cruelle.

Cher Charleval, alors en verité,
Je croi qu'il fût une femme fidelle;
Mais comme quoi ne l'auroit-elle été?
Elle n'avoit qu'un seul homme avec
  elle.

Or en cela nous nous trompons tous
  deux.

Car bien qu'Adam fût jeune & vi-
goureux,
Bien fait de corps, & d'esprit agreable,

Elle aima mieux pour s'en faire conter,
Prêter l'oreille aux fleurettes du diable,
Que d'être femme & ne pas caqueter.

Sarasin, comme vous voiez, pretend que le caquet des femmes est
bien ancien.

PHRONIME.

Puis que Sarrasin se sert du diable
pour prouver en badinant l'antiquité
du caquet des femmes (ou leur co-
quetterie, puis que quelques uns
finissent ce sonnet par le mot, *coque-*
ter) elles s'en peuvent servir aussi
pour prouver tres - serieusement la
foiblesse des hommes & le pouvoir
que ces mêmes femmes ont sur eux.
Quant au caquet, je trouve que les
hommes en ont beaucoup plus que
les femmes, quand je fais reflexion
aux discours continuels, & aux badineries qu'ils nous viennent conter
tous les jours pour nous seduire;

vôtre Sarrasin même le reconnoît
quand il dit :

Vous faites bien de ne pas écouter
Tous ces muguets qui vous veulent
attraire ;
Et s'ils venoient encor vous en conter :
Sçavez-vous bien comme il vous fau-
droit faire ?
Je leur dirois , faisant de la colere,
N'esperez point d'être aimez à la fin,
Retirez-vous , vous ne me sçauriez
plaire,
J'aimerois mieux cent fois un Sarrasin.

Si on laissoit la liberté aux femmes
de se rendre habiles en ne les traitant
pas de precieuses comme on fait, quand
elles sont sçavantes ; vous verriez de
terribles Sonnets contre vous , du
moins il y en a bien des matieres.
Que vous seriez ridicules, si elles vous
representoient , comme il arive tous
les jours, aux pieds d'une femme, &
qu'on vous fist voir lui demander avec
une lâche bassesse ce qu'elle vous refuse avec fermeté ! Que ce seroit un
ouvrage glorieux pour vous , que
                                    celui

celui qui feroit voir Lyſandre courant la nuit les ruës pour ſon Iris, puis
ſoupirant à ſa porte , & lui faiſant
dire en Muſique qu'il l'aime , pendant que Mademoiſelle Iris , ſans
s'embaraſſer de rien, joüit tranquillement du repos qu'elle fait perdre à
ſon morfondu Lyſandre ?

THEADON.

Je ne veux pas diſputer contre vous,
Phronime,

PHRONIME.

Dites plûtôt que vous trouvez
vôtre cauſe ſi mauvaiſe , que vous
n'oſez pas en entreprendre la défenſe.

THEADON.

Vous avez trop bien ſçeu mettre
l'amour dans vôtre party contre
moi , pour que je puiſſe vous re-
ſiſter.

PHRONIME.

Avoüez donc que nous n'avons
qu'à mettre un peu d'amour pour
nous dans la tête des hommes , pour

F

en faire ce que nous voudrons ; n'ont
ils pas bien sujet aprés cela de vanter
leur courage & de nous accuser de
foiblesse ?

THEADON,

J'aime mieux me taire que de vous
offenser.

PHRONIME.

Et moi j'aimerois mieux vous offenser que de me taire, quand il
s'agit de prendre les interêts de la
verité.

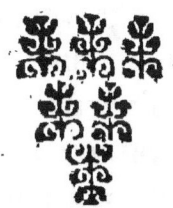

DIALOGVE XXXIX.

LICANDRE, CLEONOR.

LICANDRE.

N'Etes-vous point comme Ariftippe dans vôtre Morale outrée?

CLEONOR.

Dites-moi, ce que nous entendez
par vôtre demande avant que je
vous réponde.

LICANDRE.

Voici ce que je veux dire. Un jour
Ariftippe demandant quelque chofe
à Denis le Tyran, ce Prince le
confiderant comme un Philofophe,
& par confequent comme un Sage,
lui dit que le Sage felon fes propres maximes, n'avoit befoin de
rien : donne-moi, lui dit Ariftippe,
ce que je te demande, & puis nous "
verrons ce qui en eft ; & quand il "
l'eût reçeu ; il eft vrai, ajoûta-t il, "

,, que le fage'n'a befoin de rien quand
il a ce qu'il lui faut. Il y a bien encore
des Ariftippes qui donnent des explications favorables pour eux à la
Morale fevere qu'ils prêchent aux autres.

CLEONOR.

Je trouve pour la juftification de
la Morale outrée , qu'il eft bon de
demander une plus grande perfection
qu'on n'en peut acquerir , afin que
du moins on obtienne celle qu'on eft
obligé d'avoir.

LICANDRE.

Mais comme il arrive tres-rare-
ment , que ceux , qui font fi feveres
dans leurs opinions & dans leurs Maximes pour les mœurs , foûtiennent ce
qu'ils avancent par une conduite qui
y foit conforme & proportionnée ,
auffi n'en tirent-t-ils prefque jamais
aucuns fruits.

CLEONOR.

Vous voulez donc, à ce que je vois,
du relâchement.

LICANDRE.

C'eſt une autre extremité perni-
cieuſe qu'on ne peut avoir trop en
horreur ; je voudrois ſeulement qu'on
examinât bien les forces du cœur
de l'homme avant que d'en rien exiger, & qu'aprés les avoir bien connuës , on lui demandât ſeulement
une perfection où il pût atteindre,
& qu'on lui fît voir la voie la plus
ſure & la plus aiſée qui y puiſſe conduire.

CLEONOR.

C'eſt-à-dire que ce qui s'appelle vertu heroïque n'eſt pas de vôtre goût.

LICANDRE.

Dites plûtôt, c'eſt-à-dire , que «
j'aime mieux les moiens qui peu. «
vent faire en peu de temps pluſieurs «
perſonnes parfaites d'une perfec- «
tion ſuffiſante , & pour ainſi dire, «
commune , que ceux qui ne peu- «
vent faire qu'un Heros en un ſiecle. «
Songeons premierement au devoir , &

F iij

enfuite nous fongerons aux œuvres
de furerogation.

DIALOGVE XL.

DANTE, FILIDAME.

DANTE.

VOus avez une feverité pour
vôtre fils qui eſt condamnée par
tout le monde ; on juge de vos manieres , qui approchent beaucoup
de la cruauté, que vous fongez plûtôt à le perdre , qu'à le faire rentrer
dans fon devoir. Reffouvenez-vous
que c'eſt vôtre fang que vous voulez détruire.

FILIDAME.

Je m'en reffouviens , puifque vous
le voulez ; mais permettez-moi auffi
de vous faire une réponſe que fit
autrefois un grand Roi ; la voici
Dom Carlos, dont l'Hiſtoire ſi vous
l'avez lüe, a deu vous faire verſer des
larmes , vous qui eſtes ſi tendre ;
Dom Carlos, dis-je, aiant été con-

damné à mort par fon Pere Philippe
fecond Roi d'Efpagne, fe jetta à fes
pieds pour implorer fa mifericorde,
le priant de confiderer que c'étoit
fon fang qu'il alloit répandre ; Philippe n'étant point ému par les prieres, par les larmes, & par les fan-
glots de ce fils qu'il vouloit perdre, lui
répondit froidement, que quand il
avoit de mauvais fang, il donnoit
fon bras au Chirurgien pur le tirer.

DANTE.

Je ne vous confeille pas de citer
cet exemple pour vôtre juftification;
je fçai cette Hiftoire, & puifque
vous la fçavez auffi, vous devez
remarquer qu'il y avoit dans Philippe fecond plus de paffion que
de juftice & d'équité ; voulez-vous
que l'on penfe la même chofe de
vous ?

FILIDAME.

On me fera juftice fi l'on penfe que
j'ai raifon de traitter mon fils comme
je fais.

DANTE.

On le penseroit, fi vôtre fils vouloit abfolument s'obftiner dans fes
defordies ; mais comme il fait paroître une difpofition pour un hureux changement, vous devez du
moins par quelque relâchement de
vôtre fureur, lui témoigner qu'il peut
efperer de rentrer dans la fuite en
grace avec vous , s'il devient tel
que vous avez fujet de le fouhai-
ter.

FILIDAME.

Il paroît de l'équité dans ce que
vous dites , mais il n'y en a pas
moins dans ce que je fais , quoiqu'elle ne vous paroiffe pas ; il y a de
certaines Maximes generales de juftice qui font vraies dans la fpecula-
tion , mais dont certaines circonftances difpenfent de la pratique. Et comme ces circonftances font ordinairement connuës de tres peu de perfonnes , il ne faut pas condamner lege-
ment ceux qui femblent ne pas fuivre
les Maximes generales ; faites l'appli-

cation de ce que je vous dis à ma
conduite envers mon fils.

DANTE.

Il faudroit du moins que je sceuſſe
ces circonſtances avant que de faire
cette application.

FILIDAME.

Hé bien , ſuſpendez donc vôtre
jugement juſques à ce que vous les
ſçachiez.

F v

DIALOGVE XLI.

IPHICANTE, LYSANDRE.

IPHICANTE.

DE quelle humeur êtes-vous, Lyfandre, il femble que vous haïffiez dans les autres les mêmes qualités que vous y admitez, & que vous souffririez plus volontiers un vice commun, qu'une vertu extra-ordinaire ? Je fuis affez de vos amis pour vous dire franchement que ceux qui remarqueront ce défaut, vous prendront pour un efprit mal fait.

LYSANDRE.

Suis-je le feul de cette humeur, Iphicante ? il y en a plus dans le monde qui me reffemblent, que vous ne penfez : les hommes n'aiment pas naturellement à ceder ; tout ce qui eft au deffus de leur merite ne les réjouit pas. Mais ils ne témoignent pas tous leur fentiment avec autant de fincerité que moi.

IPHICANTE.

Mais quoi! les belles qualitez ne
font-elles pas aimables par elles-
mêmes ? les vertus extraordinaires
ne doivent elles pas réjouïr ceux qui
les remarquent ?

LYSANDRE.

Oüi, on doit aimer, on doit regarder avec plaifir ce qui eft le plus
digne de l'homme, je veux dire la
vertu ; & cela arriveroit plus ordinairement, fi ce même homme qui
aimeroit cette vertu, & qui fe feroit
un plaifir de la voir, ne la trouvoit
pas dans un autre qui eft homme auffi
bien que lui ; car en même temps
qu'il lui voit un merite extraordinaire, il le regarde comme un objet qui
lui reproche fes imperfections, il fe
fent porté à faire une comparaifon
qui le fatigue, qui l'infulte, qui le
rend méprifable.

IPHICANTE.

C'eft-à-dire felon ce raifonnement
que vous n'aimez la vertu que par

F vj

abstraction ; il faut qu'elle ne soit dans aucun sujet, si l'on veut que vous aiez de l'inclination pour elle. Enfin les vertueux vous sont si odieux que vous ne pouvez souffrir leur vertu.

LYSANDRE.

Ne me parlez plus sur cette matiere, je vous prie, Iphicante; car vous m'engagez à faire des reflexions qui me donnent de la confusion.

IPHICANTE.

Pour n'avoir point cette confusion, tâchez d'imiter la perfection, & non pas de haïr ceux qui la possedent; faites vos efforts pour vous rendre digne de la reputation glorieuse que vous sçavez bien qu'ils meritent, malgré les mouvemens injustes de vôtre jalousie.

DIALOGVE XLII.

DORASTE, CLITANDRE,

DORASTE.

AUgufte aiant appris qu'Alexandre au retour de fes Conquêtes étoit en peine de ce qu'il feroit le refte de fa vie : Alexandre ne fçavoit donc pas, dit-il, " que c'eft une auffi grande occupation de bien gouverner un état, que " de le conquerir ?

CLITANDRE.

A quel propos, Dorafte, me rapportez vous ce mot d'Augufte ?

DORASTE.

C'eft à propos de la tranquillité oifeufe dont vous efperez jouïr dans la charge que vous avez obtenuë avec tant de peine.

CLITANDRE.

C'eft-à-dire que vous êtes l'Au

guſte & que je ſuis l'Alexandre. Cette comparaiſon nous fait bien de
l'honneur. Que les ſçavans ſont hû-
reux de dire de ſi belles choſes & ſi
à propos !

DORASTE.

Vous raillez , à ce que je vois.

CLITANDCE.

J'en ai ſujet ; car pourquoi me
venir dire que j'eſpere joüir d'une
tranquillité oiſeuſe dans l'exercice
de la charge qu'on me vient d'accorder ; puiſqu'au contraire je ne
l'ai demandée avec empreſſement
que pour travailler , & pour rendre
ſervice à mon Prince , à ma patrie , à ma famille , à mes amis ?
Je vois vôtre intention ; vous vouliez , à quelque prix que ce fût ,
me parler d'Auguſte & d'Alexandre, & mettre en uſage la lecture
que vous venez de faire de quelque
rapſodie de dits & faits notables.
Il y en a bien qui penſent paſſer
pour ſçavant en faiſant comme vous;
je connois un homme qui tous les

matins se remplît la tête de trois
ou quatre pages du Dictionnaire
Historique , & ensuite pendant
la journée fait si bien , que dans
les Compagnies où il se trouve ,
il lui naît quelque occasion de parler de ce qu'il a lû dans son Dictionnaire. Ceux qui ne sçavent rien
le croient d'abord tres-habile homme ; ceux qui sçavent quelque chose , le poussent au delà de sa lecture & connoissent bien - tôt l'artifice.

DORASTE.

Vous ne vous contentez pas de
railler , vous allez jusques à l'in-
sulte.

CLITANDRE.

Ah ! c'est ici , Doraste , que vous
devriez placer quelque bon mot
pour vous défendre ; il seroit plus
à propos que celui d'Auguste. In-
ventez en , si vous n'en sçavez
point.

DORASTE.

J'aime mieux me taire ; car si je vous répondois avec autant d'emportement que vous me parlez, vous ne seriez peut-être pas si patient que moi.

CLITANDRE.

Vôtre défaite est bonne, & convient bien aux circonstances de ce qui se passe actuellement entre nous ; je l'estime plus, quelque simple qu'elle paroisse, que toutes les plus spirituelles citations faites aussi hors de propos que celle que vous venez de me faire.

DIALOGUE XLIII.

TAXILAS, PLACIDION.

PLACIDION.

QU'écrivez-vous à present dans vos recueils, Placidion ?

PLACIDION.

Une remarque que je viens de tirer de l'Histoire universelle d'Horace Turfelin Jesuite. La voici. Louis XIII. allant à Pau, afin d'y rétablir la Religion Catholique, les Habitans allerent au devant de lui, pour sçavoir avec quelles ceremonies il vouloit qu'ils le reçeussent ; il leur répondit qu'il n'en vouloit aucunes ; parce qu'il lui seroit honteux de recevoir aucun honneur dans un lieu, où il ne pouvoit premierement le rendre à Dieu, duquel il tenoit son heritage. Cette remarque donne une si belle idée de l'équité & de la pieté de ce Prince, que j'ai voulu l'écrire, afin de ne la pas perdre, si elle s'échapoit de ma memoire.

TAXILAS.

Belle Leçon pour apprendre aux Princes à ne point souffrir les Courtisans impies quelque soumis qu'ils soient à leurs commandemens, & quelques respects qu'ils veuillent rendre à leur élevation. Il faudroit que cette remarque fût gravée dans les cœurs de tous ceux que la naissance ou la fortune à élevés au dessus des autres.

PLACIDION.

Il est vrai qu'il se faut toûjours défier des hommages & des protestations de services de ceux qui ne sont pas fidéles à Dieu. Je regarde un homme sans religion, comme un homme qui n'alant point d'autres regles de ses actions & de sa conduite que les respects humains, est capable de tout donner à ses passions, s'il pouvoit se mettre au delà de ces regles, & agir avec une entiere liberté; il n'a qu'une équité apparente, une droiture forcée, une soumission gesnée, une

obeïſſance qui ne demande qu'à ſe-
coüer le joug ; comme il ne ſe ſoucie
pas du Dieu qui connoît ſes penſées,
ſes deſirs, ſes intentions, il penſe le
mal auſſi volontiers que le bien, il
deſire le crime auſſi facilement que la
vertu, il a des intentions déraiſonna-
bles ſans s'en embaraſſer, pourveu qu'il
ſauve les apparences ; c'eſt là toute la
perfection qu'il demande. Comment
ſe peut-on fier à de tels hipocrites ?

TAXILAS.

Vous faites, à ce que j'entends, un
bon uſage de vos lectures.

PLACIDION.

Je lis avec reflexion ; mais je ne ſçai
pas ſi je reflechis bien ; je ne me flate
pas aſſez, pour le croire.

TAXILAS.

J'eſpere que de temps en temps,
quand j'aurai l'honneur de vous voir,
nous en ferons l'épreuve.

DIALOGUE XLIV.

ORMINS , NICANDRE

ORMINS.

ON auroit meilleure opinion de
vous si vous frequentiez d'autres personnes que celles avec qui
nous vous voions tous les jours. Il
est certain que si vous vous trouviez
souvent en la Compagnie des honnêtes-gens , outre le progrez que vous
feriez avec eux dans la vertu , vous
vous mettriez encore en bonne odeur
dans le monde ; de même que vous
vous parfumeriez sans y prendre garde , si vous vous promeniez parmi
les Orangers , les Roses , & les Jas-
mins.

NICANDRE.

Je ne m'embarasse point de ce qu'on
peut penser de moi , pourveu que je
ne fasse point de mal avec ceux qui,
à ce que vous dites , me mettent en
mauvaise reputation,

ORMINS.

Mon cher Nicandre, vous tenez là un difcours de jeune homme. Si vous aviez plus d'experience dans le monde, vous connoîtriez que ce n'eft pas affez d'eftre fage, mais qu'il il faut encore le paroître ; & çela eft fi vrai, que bien fouvent ceux qui le paroiffent feulement fans l'eftre veritablement, font mieux leurs affaires, que ceux qui le font de bonne foi, fans prendre foin d'en donner des marques exterieures : ce n'eft pas à dire que je pretende vous exciter à vous contenter des apparences, je fuis trop de vos a-mis pour vous donner un fi per-nicieux confeil : car paroître eftre fage fimplement, fans l'eftre en ef-fet, eft un fondement de fortune bien fragile ; mais paroiftre eftre fa-ge & l'eftre, c'eft agir plus à coup fur pour avoir des fuccez favora-bles dans fes entreprifes & fes def-feins.

ORMINS.

C'est au public à ne se point trom-per, & à examiner attentivement ceux de qui il veut porter des ju-gemens, pour les bien connoître.

NICANDRE.

Si vous estiez seul dans le mon-de, vous pourriez peut-estre avec quelque apparence de justice, exiger cette grande attention ; mais com-me il y en a bien d'autres que vous, il faut vous persuader que ce pu-blic se contente de la premiere veuë, de ce qui se presente à ses yeux le plus souvent, des marques ex-terieures qui le frappent le plû-tôt, & des preuves qui lui don-nent moins de peine à chercher, pour juger d'une personne, parce qu'il a bien d'autres choses à fai-re ; ainsi c'est à nous à lui plaire à cette premiere veuë, à lui don-ner souvent de bonnes preuves ex-terieures (parce que ce sont cel-les qu'il trouve avec le plus de fa-cilité,) si nous voulons qu'il porte un favorable jugement de nous. Dans vingt ans , vous avouërez que j'avois raison de vous parler aujourd'hui ainsi. L'experience apporte de grands changemens dans les raisonnemens de l'esprit : c'est une sçavante Maîtresse pour rendre sages ceux qui ne le font pas ; mais ce qui est fâcheux , c'est qu'il faut tant de temps pour l'acquerir , qu'on n'en a pas ensuite assez pour s'en servir , quand on l'a acquise.

DIALOGUE XLV.

ALCIDOR, CELIDAS.

ALCIDOR.

LEs dignitez ont un éclat qui n'eft point glorieux pour ceux qui ne les meritent pas ; parce qu'il ne fait qu'éclairer & faire connoître leurs imperfections. On a dit de Dom Henri Cardinal qui regna en Portugal aprés Dom Sebaftien , qu'il fût peu aimé durant fa vie , & peu regretté aprés fa mort , que tant qu'il fût dans une condition privée , il parut plus grand qu'un particulier , mais que fa reputation diminua à mefure qu'il crût en honneur, & qu'on l'eût jugé digne d'être Roi s'il ne l'eût jamais été; une mediocre fortune fied beaucoup mieux à de certaines gens , qu'une tres grande élevation.

CELIDAS.

Je vous entends, Alcidor : c'eft un
avis

avis pour moi, mais je ne suis point
à present en état d'en profiter ; voudriez-vous qu'étant depuis si peu
de temps élevé , dans la Charge
dont on m'a honoré , j'allasse en
descendre , sans avoir essaié ce que
j'y puis faire ?

ALCIDOR.

Il n'est pas si honteux d'avoüer
sa foiblesse pour éviter de porter
un lourd fardeau , que de le vouloir soûtenir , & d'en être acca-
blé.

CELIDAS.

J'ai cru , que lorsque l'on m'a
choisi pour remplir cette Charge ,
on m'en a crû tres-digne ; & je
l'ai crû d'autant plus facilement que
ceux qni ont fait ce choix en ma
faveur sont trés éclairez , & que
pour ce qui me regardé , je m'en
rapporte plûtôt aux lumieres des
autres qu'aux miennes.

ALCIDOR.

Vous vous en rapportez plû.ô &

G

plus volontiers aux lumieres des autres ; mais c'eft quand elles flattent
vôtre ambition.

CELIDAS.

Si vous étiez en ma place de toutes manieres , vous fuccomberiez
peut-être à la tentation auffi facilement que moi. L'élevation a de
grands attraits ; on s'en laiffe aifément
furprendre , quelques raifonnemens
que l'on faffe.

ALCIDOR.

Si j'étois en vôtre place de toutes
manieres , & fi je fuccombois comme vous à la tentation , je ferois
une faute auffi - bien que vous en avez
fait une, & cette faute que j'aurois
faite , ne juftifieroit point du tout la
vôtre.

CELIDAS.

Vous auriez du moins grand foin
de la juftifier.

ALCIDOR.

Ne raifonnons point fur ces , *Si* ,

ils font à prefent inutiles pour vous
qui étes affurément & fans doute,
dans un emploi au deffus de vos
forces.

DIALOGVE XLVI.

LISIDOR, CORISTAS.

LISIDOR.

VOus affectez une trifteffe qui
ne vous fied point. Vous voulez faire l'homme deconfequence, en
paroiffant inquiet & chagrin, comme fi vous aviez des affaires confi-
'erables, & tout le monde fçait bien
que vos plaifirs, font vos plus gran-
'es affaires : quand même cela ne
eroit pas ainfi, foyez perfuadé
qu'un efprit fombre, & melancholique n'a aucun agrément ; il eft à
charge à fes Superieurs, fâcheux à fes
égaux, infupportable à fes inferieurs;
il aigrit la converfation, en ôte la
douceur, & la rend fans aucun enjouëment.

G ij

CORISTAS.

Mais, Lifidor, ne doutez point de ma fincerité ; je fuis trifte en effet quand je le parois.

LISIDOR.

Je le veux croire , mais du moins quand vous l'êtes veritablement , gardez donc la folitude , afin que vous ne foiez à charge à per- fonne.

CORISTAS.

En gardant la folitude, j'augmente- rai mon chagrin.

LISIDOR.

Si vous regardez la Compagnie comme un remede à vôtre triftefle ; faites donc un bon ufage de ce re- mede , en ne le rendant point inuti- le ; ne vous impatientez pas comme vous faites contre ceux qui veulent vous exciter à être de bonne humeur; rejettez plûtôt les difcours de ceux qui fe mettent en état de vous con- foler ; parce que ceux-ci en preten-

dànt vous donner de la confolation
appliquent par leurs raifonnemens
vôtre efprit au fujet de vôtre chagrin
& l'augmentent par cette application ; au lieu que ceux-là ne fon-
geant qu'à vous diftraire , prennent
le plus fûr moien de vous rendre la
gaieté que vous avez perduë.

C O R I S T A S.

J'avouë de bonne foi , que quand
je fuis affligé & qu'on me veut con-
foler , je me trouve obligé de conti-
nuer à paroître trifte , quand même
je ne le ferois pas. Il femble qu'une
certaine bienféance le demande ; car
il feroit ridicule de rire au nez d'une
perfonne qui vient vous dire qu'elle
voit bien que vous êtes trifte , qui
fe plaint avec vous de vôtre peine ,
qui témoigne y compatir , & qui enfin apporte les plus triftes raifons
qu'elle peut pour vous tirer de vôtre
triftefle.

L'I S I D O R.

Il m'eft arrivé fouvent dans mes petits chagrins d'avoir de violentes envies de rire , quand on me préchoit la

patience avec ces sortes de consola-
tions.

CORISTAS.

Pour moi , quand ces mêmes envies
me prennent , je grossis dans mon
esprit autant qu'il m'est possible le
sujet de mon affliction , afin de me
conserver un exterieur conforme aux
sentimens interieurs que les discours
qu'on me tient témoignent qu'on reconnoît en moi. Enfin j'agis comme ceux qui se font du mal en se
mordant la langue pour s'empêcher
de rire lorsqu'ils croient qu'ils ne
doivent pas s'abandonner à cette marque exterieure de gaieté.

LISIDOR.

Reprenez donc vôtre belle humeur,
Coristas ; vous ne pouvez croire
combien vous plaisez, quand vous
voulez bien vous distraire de vôtre
chagrin par quelque petit enjouëment.

DIALOGVE XLVII.

MENANDRE, CLEOPHILAS.

MENANDRE.

Les fçavans fe plaindront-ils toûjours?

CLEOPHILAS.

Comment ne fe plaindroient-ils pas voiant l'injuftice qu'on rend à leur merite, & la pauvreté dans laquelle ils font la plûpart reduits ? il femble que la profeffion des fciences foit la feule dans laquelle on ne puiffe faire ce qu'on appelle, *grande fortune.*

L'un dans le champ de Mars fe charge de butin :

L'autre courant les Mers amaffe des richeffes :

Un flatteur chez les Grands trouve un heureux deftin :

G iiij

Cet autre s'enrichit à faire des Maî-
   treſſes :

Mais un ſçavant cloüé ſur un ſterile
   écrit :

Se void mourir de faim avec ſon bel
   eſprit.

MENANDRE.

C'eſt que tous ces gens dont vous venez de parler dans les quatre premiers vers ont beaucoup d'action ; au lieu que la pluſpart de vos ſçavans en ont tres peu ; ils s'enſeve-liſſent dans leur Cabinet pour contempler, & quand ils en ſortent, ils trouvent dans le grand bruit & dans l'embarras du monde ſi peu de conformité à ce qu'ils ont medité, étudié, ou même demontré dans leur ſolitude, que bien ſouvent ne s'y accorommodant point, & n'y accommodant perſonne, ils ont tres peu d'occaſions d'agir d'autre maniere que ſpeculativement ; & ces ſpeculations n'avancent point du tout leurs affaires.

CLEOPHILAS.

Mais ce qu'il y a de mieux re-
glé & ordonné dans la politique,
dans la Morale, dans l'œconomie,
dans le raisonnement, dans le gou-
vernement particulier & public,
dans la justice, vient de ces specu-
lations ; si on n'avoit pas d'abord
medité avec étude, reflechi avec
discernement, examiné avec attention, on n'auroit pas donné de si
judicieux reg'emens pour la conduite
de la vie.

MENANDRE.

Ce que vous venez de dire est
tres-veritable ; mais avoüez aussi,
que comme ces meditations ten-
doient à l'action pour la produire
& la regler ; elles ont été souvent
tres-avantageuses pour ceux qui les
ont mises en exercice. Mais il en
est autrement de l'étude de la plus-
part de nos sçavans qui se plaignent,
souvent l'objet de leur science est
tres inutile ; parce que souvent, ils
ne songent qu'à sçavoir, qu'à pen-

G v

ſer , qu'à dire des choſes extraordinaires ; combien en voit-on paſſer la
plus conſiderable partie de leur vie
à faire des diſſertations ſur des ſujets
qui ne ſont d'aucun uſage, & qu'on
ne connoît jamais parfaitement , ou
à s'épuiſer par la lecture & par les
veilles pour parler doctement (à
leur avis) ſur quelques difficultez
de Grammaire , ou enfin à rendre inutiles par leur cenſure , par leurs critiques & par leurs Satyres des ouvrages qui auroient pû plaire au public ,
& lui apporter quelque utilité , s'ils
n'en avoient pas donné mauvaiſe opinion,en y faiſant remarquer des fautes
qui ne ſont d'aucune conſequence
par elles-mêmes , mais qui ſont ſeulement conſiderables dans le ſentiment des eſprits de bagatelles , poin-
tilleux , ou qui ſe font un plaiſir de
groſſir des défauts tres-legers dans les
choſes les plus parfaites ?

CLEOPHILAS.

Autant que j'en puis juger parce
que vous venez de me dire , vous
n'eſtes pas d'humeur à entendre volontiers les plaintes de ces ſortes de

fçavans, & par conſequent encore
moins diſpoſé à leur apporter quelque
ſecours pour les conſoler.

MENANDRE.

Si je voulois les ſecourir , ce ſeroit
en qualité de pauvres invalides, qui ne
ſont bons à rien.

CLEOPHILAS.

Tout le monde ne ſera pas de vôtre
ſentiment.

MENANDRE.

Peut-être ai-je tort : j'entends
pourtant raiſonner aſſez ordinairement de cette maniere.

DIALOGUE XLVIII.

CLITIDAS, FLORIDAN.

CLITIDAS.

VOus faites bien de loüer vos ouvrages, Floridan ; vous vous dédommagez par vôtre complaisance de celle que le public vous refuse. Ce public est terrible , il n'est point accommodant , rien ne lui échappe. Il examine avec une severité qui désole les petits Auteurs. Il a tant d'yeux , tant d'interests differens , qu'il est bien difficile de lui offrir un present si universellement agréable , qu'il le puisse entierement corrompre. Ceux-là sont bien hardis qui osent s'exposer à sa critique,

FLORIDAN.

Dans quelle occasion m'avez vous veu loüer , mes ouvrages, Clitidas ?

CLITIDAS.

Par tout où me suis trouvé avec vous.

FLORIDAN.

Il est vrai que j'en parle souvent, parce que souvent on m'excite à en parler ; mais il me semble, que je ne les louë point.

CLITIDAS.

C'est que cela vous est si naturel, que vous ne vous en appercevez pas.

FLORIDAN.

Voulez-vous que je les méprise ?

CLITIDAS.

Oh ! je ne suis pas assez déraisonnable pour vous demander l'impossible , un Auteur mépriser ses ouvrages ! cela se pourroit-il jamais faire ?

FLORIDAN.

Vous autres qui n'estes pas Auteurs , n'avez point de plus grand plaisir que de fronder ceux qui le font. Je voudrois que vous vouluſ-ſiēz nous fronder en forme , c'eſt-à-dire , attaquer nos Livres par des Li-vres de vôtre façon.

CLITIDAS.

Je vous répons avec le Miſantrope de Moliere.

J'en pourrois par mal-heur faire d'auſſi méchans ,

Mais je me garderois de les montrer aux gens.

J'avoüe que je pourrois, auſſi-bien que pluſieurs autres , faire de très méchans Livres ; mais du moins, je ne ſerois point d'humeur à en in-commoder le public. Et c'eſt parce que je garderois cette conduite que je ſerois en droit de fronder les mé-chans Auteurs.

FLORIDAN.

Qu'un ami Critique eſt incommo-dé!

CLITIDAS.

Je vous incommoderai toûjours de la même maniere, tant que vous risquerez vôtre repuration. Vos interêts me font trop chers, pour que je puisse vous laisser en repos là-dessus. Devenez, tres sçavant, avant que de faire des Livres, & je ne vous serai plus un ami Critique & incommode, mais un ami qui ne fera que vous congratuler & vous applaudir.

DIALOGUE XLIX.

CLITON, LEPIDE.

CLITON.

UN Auteur ancien aiant dedié à Alexandre le Grand un Livre de la Justice au plus fort de ses ,, Conquêtes ; cela est fort à pro- ,, pos, dit-il, dans un temps où ,, je prens le bien d'autrui. Qu'il y a de Patrons qui pourroient faire des railleries semblables à propos des Epîtres dédicatoires qui leur sont adressées!

LEPIDE.

Je vous entends. Vous me voulez railler vous-même au lieu de celui à qui je viens de dédier mon Livre. les Critiques sont de terribles gens, ce sont les gens du monde les plus opposez aux honnêtetez que les hommes se doivent faire reciproquement les uns aux autres. Il est vrai que cet homme de Robe à qui j'adresse

mon ouvrage, n'est pas si équitable
que je le dis, qu'il peut avoir quelques petits défauts assez incompatibles avec l'exercice de sa Charge,
que l'argent peut avoir quelque credit sur son esprit, & que cependant
je lui dis à lui-même qu'il a toutes
les qualitez qui lui sont necessaires
pour estre un bon Juge : sçavez-vous
ce que peuvent produire ces loüanges outrées ?

CLITON.

Je ne le vois pas.

L'EPIDE.

Il est persuadé que je me trompe,
ou que je le veux flater. S'il est persuadé que je me trompe, cette persua-
sion pourra lui donner de la confusion, & en même temps le faire rentrer dans lui-même pour l'exciter à
se reformer, étant bien convaincu,
que le public ne pourra pas se tromper aussi facilement que moi. S'il
croit que je le veux flater, il regardera ma flatterie plûtôt comme une
raillerie déguisée, que comme une

loüange veritable ; il m'en voudra du mal ; mais il s'en feia peut-être plus homme de bien.

CLITON.

Vous faites bien de dire , peut-être; car de bonne foi , dites-moi , avez vous jamais vû que les mal-honnêtes gens ſe ſoient changez , quand on les a loüez ? N'eſt ce pas plûtôt le moien de les entretenir dans leurs défauts , que de leur perſuader par de lâches flatteries que ces défauts ne ſont pas connus ; mais au contraire qu'on les prend pour des perfections ? Je ſçai bien que pour faire le Panegyrique des Paneginiques outrez , c'eſt-à-dire pour les juſtifier , on dit , que ſi l'on y parle contre la verité , en louant ceux en faveur de qui ils ſont faits des perfections qu'ils n'ont pas , on leur apprend du moins qu'ils doivent avoir ces perfections. C'eſt-là un ridicule raiſonnement qui n'a point d'autre effet que d'entretenir les hommes dans leurs vices , & les flateurs dans la lâcheté de leur commerce interessé. Ce n'est pas à dire qu'il faille injurier ceux qui font dans des places qui exigent nos respects ; je souhaitterois seulement que l'on eût plus de respect pour eux en ne les raillant point par des louanges qui ne leur conviennent pas , & que l'on eût plus d'égard pour le public , en ne lui donnant point pour exemples , par ces louanges , des personnes qu'il seroit dangereux d'imiter.

DIALOGVE L.

VALERIASTE, PHILISTION.

VALERIASTE.

ON peut dire de moi ce qu'une homme fort enjoué asſuroit qu'on diſoit de lui-même.

Quelqu'un de mes amis parlant un jour de moi,

Malgré le ſort qui le menace,

Il porte, diſoit-il, le cœur d'un puiſ-ſant Roi.

Au fonds d'une pauvre Beſace.

PHILISTION.

Il y a bien des gens comme vous qui ont l'humeur liberale à tres pe-titsfrais, c'eſt-à-dire, qui vou-droient faire des largeſſes quand ils n'ont rien à donner. Mais je ne ſçai s'ils les feroient en effet, s'ils a-voient de quoi les faire. Car je remarque que le changement d'état change bien les sentimens ; tel Domestique a parlé souvent contre l'avarice de son Maître , qui dans la suite est devenu lui-même fort avare, quand aprés avoir été assez heureux pour être délivré de la servitude , il a eu sous lui à son tour des serviteurs.

VALERIASTE.

Quand on est naturellement liberal on est hors de danger de tomber dans ce défaut.

PHILISTION.

Mais , dites-moi , je vous prie, à quoi connoissez-vous que l'on est naturellement liberal ?

VALERIASTE.

On est naturellement liberal , quand on n'a point d'attachement pour les richesses, & qu'on se fait un veritable plaisir de les partager avec les autres.

PHILISTION.

Vous avouez donc que pour prouver fa naturelle liberalité il faut
poffeder les richeffes, puifque cette
épreuve dépend des largeffes qu'on
aime à en faire ; mais comme ces
richeffes ne fe trouvent point dans
le fonds de vôtre *pauvre Beface*,
vous voulez bien que j'attende que
vous en aiez, pour être convaincu
de vôtre inclination naturelle à donner.

VALERIASTE.

Je fouhaitterois de tout mon cœur
cette occafion de vous convaincre de
mon humeur.

PHILISTION.

Vous trouveriez bien vôtre compte dans cette occafion : mais je
doute fi j'y trouverois ce que vous
voulez à prefent me faire croire.
Car il arrive fouvent qui fi on fort
de la difette pour entrer dans l'a-
bondance, on fe dedommage au-

tant qu'on peut dans son second état des peines du premier, & que la crainte de retomber dans celui-ci, engage à ne faire aucune demarche qui puisse mettre en danger de sortir de celui-là : plus on a été privé des richesses, plus on les a desirées ; & plus on les a desirées, plus on a d'attachement pour elles, & par conséquent moins on aime à s'en défaire.

DIALOGUE LI.

ZERBONTE, VALINS.

ZERBONTE.

OUi, Valins, je ne puis cacher mes sentimens, je suis penetré d'indignation, quand je voids dans l'élevation un homme qui n'a pour toutes qualitez que l'intrigue, la tromperie, la dissimulation, & le déguisement ; & de qui on peut dire aussi bien qu'on a dit de son semblable.

On sçait que ce pied plat, digne qu'on le confonde,

Par de sales emplois s'est poussé dans le monde :

Et que par eux son sort de splendeur révetu

Fait gronder le merite & rougir la vertu.

VALINS.

Mais pourquoi avez-vous plus d'indignation

dignation contre cet homme que
contre une infinité d'autres de son
caractere ?

ZERBONTE.

C'eſt que je le connois plus que
tous ces autres.

VALINS.

N'eſt-ce point encore parce qu'il
a été vôtre concurrent dans de certaines occaſions ? la jalouſie nous
rend ordinairement des Juges ſeveres
contre ceux qui en ſont les objets, nous ne leur pardonnons rien,
& ſous le pretexte de juſtice & d'é-
quité nous les condamnons ſelon
les moúvemens de nôtre paſſion.

ZERBONTE.

Eſt-ce que vous pretendez que je
rends injuſtice à cet homme quand je
dis qu'il eſt dans une place dont il s'eſt
entierement rendu indigne par les
moïens dont il s'eſt ſervi pour y entrer, & par la conduite qu'il y garde ?

H

VALINS.

J'avouë que vous lui rendez juſti_
ce , & qu'il eſt tel que vous le dites,
mais je ſuis fâché de voir , que vous
ne le dites , que parce que vous n'étes
pas là où il eſt ; & qu'ainſi vôtre
zele eſt foit déreglé dans ſon ptin-
cipe.

ZERBONTE.

C'eſt ſeulemeht l'injuſtice qu'on
rend au merite qui me fait parler
ainſi.

VALINS.

Je voudrois que vous n'euſſiez jamais été ſon concurrent pour vous
croire.

ZERBONTE.

Selon vous on ne revient donc
jamais de ſa paſſion ; c'eſt aſſez qu'on
ait eû un petit mouvement de jalouſie contre une perſonne , pour avoir
de continuels mouvemens de haine
contre elle. Croiez-moi , Valins,
mettez quelque exception dans vôtre

regle generale , fi vous ne voulez pas
qu'elle foit auffi fauffe que vous
croiez mon zele déreglé. Perfuadez-
vous que du moins quelque fois la
raifon prend le deffus de la paffion , & que fi vous avez remarqué qu'un homme à gardé la
jaloufie & l'envie jufques à la fin
de fes jours, il ne s'enfuit pas que
tous les autres aient une conftance fi injufte & fi déraifonnable.

H ij

DIALOGUE LII.

PRIDANTE, ONIRONTE

PRIDANTE.

L'Amour que j'ai pour Iris, me fait souffrir, il est vrai ; mais mes peines me sont si agreables que je les prefere aux plus grands plaisirs ; je me ferois, pour ainsi dire, une volupté sensible de mourir pour elle, pour lui prouver la violence de ma passion.

ONIRONTE.

Oh ! qu'il y en a déja qui sont morts comme vous souhaitteriez de mourir, sans qu'ils aient perdu la vie ! tous ces mourans d'amour excitent en moi plus d'indignation qu'ils ne me font de pitié ; j'aime un peu mieux entendre celui qui parle ainsi

Qu'Angelique me plait, mon Dieu,
    qu'elle a de charmes,

L'amour que j'ai pour elle est sans
comparaison,

Et pour m'en dégager, le temps ny la
raison,

Ne trouveront jamais d'assez puissan-
tes armes.

Je triomphe en mes fers, je me baigne
en mes larmes.

Je crains la liberté comme la guerison,

A l'Empire du Ciel j'égale ma pri-
son,

Et prefere au repos mes plus rudes
allarmes.

La gloire de mourir pour un sujet si
beau,

M'obligeroit enfin de courir au tom-
beau,

Et feroit que chacun me porteroit
envie;

Mais, parce que les morts n'ont point
de sentiment,

*Je veux prendre le soin de conserver
    ma vie,*

*Afin que mes douleurs durent plus
    longuement.*

Celui ci eſt un adroit qui ne riſ-
que pas tant, & qui ſçait pourtant
pat un tour auſſi fin qu'extraordinaire rendre ſon zele agreable à ce
qu'il aime, comme s'il s'expoſoit
beaucoup ; pourquoi vous amu-
ſez-vous à faire vos hyperboles
amoureuſes ſi communes ? car vous
ſçavez qu'on n'entend patler chez
les Amans que de morts, de traits,
de bleſſûres mottelles.

PRIDANTE.

Je vous trouve bien plaiſant ;
Onironte, de railler ſur une matiere auſſi ſerieuſe que l'amour que
je reſſehs.

ONIRONTE.

Ah ! que vous étes plaiſant vous
même, mon cher Pridante, d'appeller l'amour une matiere ſerieuſe !

toutes les extravagances qu'il fait faire, toutes les folies dans lesquelles
il reduit ceux qui étoient les plus sages, toutes les soupplesses qu'il
apprend pour aller à ses fins, le
doivent faire passer pour la chose du
monde la plus bouffonne, la plus bur-
lesque & la plus comique.

PRIDANTE.

Vous me desesperez de parler de la
sorte.

ONIRONTE.

Ce desespoir confirme ce que je
dis, puisqu'il vous rend ridicule, &
en même temps digne de la raillerie
de ceux qui vous entendroient parler de la sorte ; de bonne foi n'est-ce
pas un beau sujet de desespoir que
d'entendre dire que l'Amour peut
estre appellé une passion grotesque,
à cause des extravagances qu'il cause dans l'esprit de ceux qu'il possede ? quelque jour vous ne trouverez
pas mon sentiment si ridicule quand
vous serez délivré de vôtre passion.

Vous aurez alors honte de vous
même au reſſouvenir des folies dans
leſquelles il vous aura engagé. Quand
l'eſprit eſt dans la tranquillité , il
rougit de confuſion lors qu'il penſe à ce qu'il a fait eſtant dans les
troubles & dans les deſordres de la
paſſion dont il étoit agité.

DIALOGVE LIII.

ELIANIX , LUCIDON.

ELIANIX.

QUand on conſidere le peu de
fermeté que vous montrez dans
les Charges & dans les emplois
que vous exercez, on pourroit vous
faire la même raillerie qui fût faite
autrefois à Ciceron.

LUCIDON.

Apprenez moi , je vous prie , cette raillerie, avant que je vous réponde.

ELIANIX.

Ciceron difant un jour à Laberius qu'il l'auroit reçeu, s'il n'eût été logé étroitement : Celui-ci pour lui reprocher fon peu de refolution dans les affaires d'état, lui dit, *vous êtes pourtant affis fur deux fieges.*

LUCIDON.

La réponfe de Laberius étoit fpirituelle ; mais l'application que vous m'en faites n'eft pas jufte : fi vous reflechiffiez un peu fur ma fituation, vous connoîtriez que les differens mouvemens que vous remarquez en moi viennent des differentes perfonnes de qui je dépends, & aufquelles il faut m'accommoder, & non pas d'une inconftance & d'une irrefolution naturelle de mon efprit. La fermeté ne convient pas toûjours & dans toutes fortes d'occafions, il y a de certaines circonftances qui la feroient paffer plûtôt pour une opiniâtreté injufte, que pour une conftance raifonnable. Les vertus heroïques font extraordinaires, parce

H. v

qu'elles ne peuvent pas se mettre à
tous les jours ; celle que vous sembl
ez exiger de moi est de ce nombre.
Je serois aussi ferme qu'un autre,
dans mes resolutions, si les affaires n'é-
toient pas sujetes à de grandes viciſ-
situdes, il y a de la prudence à changer bien à propos ses desseins, de
même qu'il y a de la force à les
executer avec intrepidité quand on
les juge neceſſaires, & conformes à
l'équité.

E L I A N I X.

Si tout le monde vous rendoit
aſſez de juſtice pour porter ce jugement de vous, je ne serois pas
faché comme je le suis de vous
voir changer si souvent de sentimens, & de conduite ; mais il y
en a tant qui donnent à ces changemens une explication injurieuſe
pour vous, que je ne puis en eſtre
témoin sans vous pleindre extrémement.

LUCIDON.

Quand on est dans l'élevation ;
on est beaucoup regardé, beaucoup
examiné, & beaucoup censuré ; ceux
qui sont au dessus des autres doivent
toûjours s'attendre à ces trois fonctions du public ; je m'y suis attendu ;
c'est pourquoi ce que vous me dites
ne me surprend pas. Quelqu'injustice qu'on me fasse, je me con-
solerai par mon équité, & par ma
droiture.

DIALOGUE LIV.

'ADRASTONTE, CORISTARQUE

ADRASTONTE.

SEneque que vous aimez tant, Co-
riftarque, eft à ce qu'on dit, admirable, il eft vrai, quand on le con-
fidere par parties ; mais il laffe
l'efprit, quand on le lit tout de fuite ; & je crois que, fi Quintilien a
dit de lui avec raifon, qu'il eft rempli de défauts agreables, on en pourroit dire avec autant de raifon qu'il
eft rempli de beautez defagreables
par leur multitude, & par ce deffein
qu'il paroît avoir eû de ne dire
rien fimplement & de tourner tout
en forme de pointe.

CORISTARQUE.

On a déja fait le même raifonnement fur Seneque ; mais je ne trouve pas qu'il lui foit fort defavanta-
geux, puifqu'il ne le blâme que d'ê-

tre compofé de parties qui meritent
l'admiration , d'avoir des beautés
qui font en trop grand nombre , de
montrer trop d'efprit, & de mêler
dans fes difcours trop de ces poin-
tes qui reveillent agreablement par
leur furprife. De bonne foi , c'eft avoir
grande envie de critiquer que de
faire ces fortes de Critiques , je les
regarde plûtôt comme des loüanges
déguifées , que comme des cenfures
veritables.

ADRASTONTE.

Celui qui a parlé ainfi de Seneque
eft pourtant d'un tres bon goût ; fes
ouvrages marquent qu'il connoît bien
les mouvemens , les differens replis ,
& les detours cachez du cœur de
l'homme. Je crois qu'on fe peut fier
avec fûreté à fon fentiment.

CORISTARQUE.

Je crois la même chofe que vous ;
c'eft pourquoi je fuis perfuadé que la
cenfure qu'il paroît faire des œuvres

de Seneque, n'eſt qu'une maniere de
loüer ſpirituelle ; car je le crois trop
penetrant , & trop équitable pour
refuſer à un Auteur comme celui-ci, la
gloire que tant de ſiecles n'ont pû
obſcurcir ; à un Auteur , dis-je , qui a
ſçu faire un ſi agreable mélange de
l'utile auec l'agreable , qui a orné
d'une infinité de fleurs d'éloquence
tant de beaux conſeils pour la conduite de la vie , & tant de moiens
pour ſe défendre également contre les
douceurs flateuſes de la proſperité , &
contre les coups accablans de l'ad-
verſité ; enfin à un Auteur qui vous
preſente toûjours à la premiere veuë
une penſée qui vous réjoüit par ſa
beauté , ou qui vous inſtruit par ſa
Morale.

ADRASTONTE.

Vous m'excitez extrémement à l'aimer avec vous.

CORISTARQUE.

En quelque état que vous ſoiez ,

lisez Seneque , vous y trouverez des instructions qui vous conviendront. Mais commencez à le lire sans prevention contre lui, & je serai extrémement trompé, si aprés l'avoir lû vous n'êtes beaucoup prevenu en sa faveur. Cette prevention lui sera glorieuse, puis qu'elle aura été precedée par la connoissance que vous aurez euë de son merite.

DIALOGVE LV.

ISMENIE, EROXANE.

ISMENIE.

JE vous trouve toûjours un Livre à la main, Eroxane.

EROXANE.

C'est l'entretien ordinaire de ma solitude, Ismenie. Je lisois quand vous estes entrée la premiere Scene du premier Acte de la Tragedie du Britannicus de Monsieur Racine. J'en estois sur ce qu'Albine & Agrippine disent de Neron; le voici, Albine dit à Agrippine.

Neron naissant ,
A toutes les vertus d'Auguste vieil-
lissant ,
Agrippine lui répond ,
Non , non , mon interest ne me rend
point injuste ;

Il commence , il est vrai , par où finit
Auguste;

Mais crains, que l'avenir détruisant
  le passé,

Il ne finisse ainsi qu'Auguste a com-
  mencé.

C'est-à-dire (comme vous sçavez,) par la cruauté: Agrippine ne se trompa pas dans ses conjectures.

ISMENIE.

Je me défie toûjours des commencemens ; quelque assidu, quelque sage, quelque exact, que je voie un homme dans les commencemens de l'exercice qu'il vient d'embrasser, je n'en tire aucunes consequences favorables pour l'avenir ; parce que j'ai souvent remarqué que cette bonne conduite est forcée, & excitée, ou par l'agrément de la nouveauté, ou par l'envie qu'on a, à quelque prix que ce soit, de donner une bonne idée de soi, afin de se mettre dans une ferme possession de ce qu'on a eu bien de la peine à acquerir ; ou enfin parce qu'on se represente fort grand le merite de ce qu'on possede, ce qu'il y a de defectueux n'étant pas

encore connu : mais dans la suite on
se neglige, parce qu'il n'y a plus de
nouveauté, parce qu'on croit n'avoir
plus befoin d'efforts pour eftre paifi-
ble poffeffeur, ou parce que l'ufage &
l'habitude rendent méprifable ou indifferent ce qu'on avoit beaucoup
eftimé avant que de le bien connoître.

EROXANE.

Je ferois bien contente, fi aprés
avoir lû de belles chofes, je trouvois
toûjours une Ifmenie pour me faire
faire d'auffi judicieufes reflexions fur
mes lectures, que celles que je viens
d'entendre.

ISMENIE.

Vous eftes du moins auffi capable
que moi de les faire.

EROXANE.

C'eft à quoi je ne penfe point du
tout, je lis feulement pour me divertir, & pour m'occuper pendant un
certain temps ; mais je ne fçai point
me fervir de ce que j'ai lû, quand je

n'ai plus le Livre.

ISMENIE.

Prefque toutes les femmes lifent comme vous. Une pareffe naturelle nous empêche de prendre la peine de chercher dans les Livres ce qui ne nous y paroît pas d'abord. Les hommes font plus fins que nous ; ils fçavent faire un meilleur ufage de leurs lectures , auffi fe font-ils mis de telle forte en poffeffion des fciences , qu'ils nous ôtent autant qu'ils peuvent tous les moiens de les poffeder avec eux. Ils ont connu nôtre pareffe ; mais afin de nous détourner de l'étude , ils ne nous ont pas dit que nous n'avions pas affez de diligence pour cela , ils nous ont feulement fait accroire que nous n'avions pas affez de force d'efprit pour foûtenir les fciences ; nous avons été affez fimples pour les croire , parce que nous avons été affez pareffeufes pour ne vouloir pas travailler.

DIALOGVE LVI.

MAGNANTE, AMPHIMEDE.

MAGNANTE.

VOus avez trop de fierté pour obtenir les fuffrages d'un peuple, qui aime la douceur & l'affabilité. J'ai remarqué dans l'Hiſtoire, que Craffus briguant le Conſulat, & marchant un jour dans les ruës de Rome avec Scevola fon beau pere, fans ofer devant un homme ſi auſtere & ſi grave flatter le peuple, foûtire aux uns, careffer les autres, le pria de fe retirer un peu, & lui dit : Ne ,, penſez pas que vôtre compagnie ,, me faſſe honneur, vous m'empê- ,, chez d'obtenir la dignité que je pre- ,, tends, parce que je ne puis pas fai- ,, re des fottifes en vôtre prefence. Craffus, comme vous voiez, avoüoit de bonne foi, que quand on a befoin des petits, il faut defcendre quelquefois de ſa fevere fageffe, pour fe conformer à leur efprit, & faire ce qui pafferoit pour fottife aux yeux de ceux qui font graves de profeſſion.

AMPHIMEDE.

Pourquoi ménager des miférables, dont le credit eſt ſi foible ?

MAGNANTE.

Il eſt vrai, qu'abſolument parlant, vous pouvez vous paſſer de leurs ſuffrages ; mais croiez moi, ne méprifez pas ſi fort les petits, que vous les croiez toûjours incapables de vous nuire ; on les trouve quelquefois en fon chemin, & on eſt bien eſtonné lorſqu'on voit qu'étant fortis de cette petiteſſe qui les avoit rendus méprifables, ils ont aſſez de force pour fermer le paſſage, & empêcher d'aller plus loin ceux qui les ont mal traitez : ce jeu, ou, fi vous voulez, cette revolution de la fortune eſt aſſez ordinaire.

AMPHIMEDE.

C'eſt le comble de la lâcheté que de craindre les miſerables : il n'y a rien de plus digne d'admiration que ces ames fortes qui ne ſe d'etournent jamais pour aller à leur fin ; qui foulent aux pieds, pour ainſi dire, non ſeulement les foibles , mais même ceux qui ſont au deſſus du commun, lorſqu'ils s'oppoſent à leurs démarches ; qui étant intrepides ne ſçavent ce que c'eſt que de plier par des careſſes politiques , par des ſoumiſſions indignes de la grandeur , & par des complaiſances populaires ; je me ſuis formé une trop belle idée de ces grands hommes pour ne pas faire des efforts fin de meriter d'en être du nombre.

MAGNANTE.

Ces ſentimens ſont admirables ; mais il eſt rare qu'ils aient des ſuccez favorables , & qu'ils parviennent à leur fin , ou ſi enfin ils y ſont parvenus , ceux qui les ont rifquent beaucoup à vouloir les foûtenir. Toutes les complaifances ne font pas indignes des grands hommes, Amphimedon ; il y en a de judicieufes , qui donnent un luftre à la grandeur d'ame en la faifant paroître ornée de fageffe & de prudence , & qui la rendent en même. temps aimable , en lui ôtant une certaine rudeffe qui accompagne d'ordinaire une fierté.heureufe.

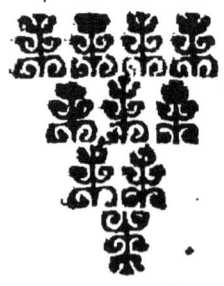

DIALOGVE LVII.

PALMIS, SIDONIE.

PALMIS.

S Idonie, vous fçavez que vous
n'avez pas de bien. Lyfandre en
a beaucoup, il vous voit fouvent,
il vous en conte, vous l'écoutez.

La clef du coffre fort & des cœurs,
c'eft-la même,

Que fi ce n'eft celle des cœurs,

C'eft au moins celle des faveurs,

'Amour doit à ce ftratagème

La plus grand'part defes exploits.

Vous connoiffez bien ce que cela
veut dire.

SIDONIE.

Cela veut dire, fi je ne me trompe, que je dois craindre pour mon
honneur & pour mon repos. Lyfandre

dre ne me voit, que parce qu'il me
fait efperer d'être entierement à moi
par un legitime mariage.

PALMIS.

Il eft du nombre des ces vieux riches, trompeurs & fourbes qui en
ont attrapé d'auffi fages que vous.
Ces fortes de gens fçavent qu'avec
l'argent on vient à bout de tout ;
mais avant que de rien tenter par
cette voie , ils parlent de ligitimes
intentions , de vifites honnêtes, ils
font du quartier , ils font même voi-
fins. Ce n'eft qu'honnêteté dans
leurs manieres pour s'introduire chez
celles à qui ils en veulent. Quand
ils ont chez elles l'accez qu'ils de-
mandoient, ils étudient leur foible,
leur penchant , les befoins de leur
famille , ils furviennent à tout ; de
forte que fous les perfonnages de
bienfacteurs , ils deviennent dans la
fuite plus entreprenans ; & enfin ,
comme ces familles fe font faites par
les liberalités de ces fuborneurs une
habitude de vivre plus commode,

I

ment , on les ménage , on n'ose
les fâcher. On leur parle de mariage , ils y font naître des difficultez , & témoignent même du
chagrin , si on leur fait des instan-
ces là-dessus : enfin je ne vois plus
que perils pour les colombes que
poursuivent ces dangereux oiseaux
de proye.

SIDONIE.

Me croiez-vous si foible , Palmis ?

PALMIS.

Je suis persuadé que vous étes
honnête , vertueuse & extrémement jalouse de vôtre reputation ;
vous voiez que je vous rends justice ; mais , je vous prie , rendez-
vous aussi justice à vous-même ;
faites reflexion de vôtre côté, que
vous étes fille , jeune , & pauvre :
& que celui qui vous poursuit
est un homme , & qu'il joint à une
longue experience de grandes ri-

cheſſes. Sa paſſion eſt naiſſante &
par conſequent dans ſa plus grande force ; s'il ne veut point vous
épouſer à preſent , ne le ſouf-
fiez pas : car , ſi vous attendez
plus long-temps , il pourra vous
tromper & ne vous épouſera jamais.

SIDONIE.

Je vous promets , Palmis , de
ne point negliger vôtre avis.

L ij

DIALOGVE LVIII.

ARISTE, CHOREBE.

ARISTE.

QUe' trouvez-vous de fi extra-
ordinaire dans les Eſſays de
Montagne, pour les lire avec tant de
fatisfaction d'eſprit ?

CHOREBE.

J'y trouve la nature qui parle, &
c'eſt-ce que l'on trouve rarement parmi le grand nombre d'Ouvrages que
l'on donne tous les jours au public.
La plûpart de ces Ouvrages reſſemblent aux converſation des viſites de
ceremonie, tout y eſt guindé, gêné ; on n'y trouve rien de naturel.
Mais Montagne parle comme il penſe, & penſe comme il parle, & ce
qu'il y a d'hureux pour lui & d'utile pour ceux qui le liſent ; c'eſt qu'il
penſe d'ordinaire tres judicieuſement;
& debite ſes penſées avec un air franc
qui fait plaiſir. C'eſt un Philoſo-

phe qui inftruit avec enjouëment,
qui fait ufage de tout pour arriver
à fa fin, c'eft-à-dire, pour rendre
l'efprit fort, donner un bon goût,
former un bon fens.

ARISTE.

Il me femble qu'il bat bien la Campagne.

CHOREBE.

Bien des gens lui font ce reproche ;
mais s'ils entroient dans fon efprit ;
s'ils le confideroient comme un Au-
heur aifé, libre, qui ne fe gêne en
rien, qui veut feulement dire de
bonnes chofes, ils ne l'en eftime-
roient pas moins ; Balzac dit, que
c'eft un guide qui égare, mais qui
mêne en des païs plus agreables,
qu'il n'avoit promis. Il ne faut pas
lire les Effais de Montagne comme
un traité de Morale mis felon l'ordre de l'Echole, ny comme une piece d'éloquence compofée felon les
regles de la Rhetorique & ornée de
fes figures ; mais il faut les lire comme un Ouvrage d'un bon fens, d'une

I iij

bonne conception , d'un juste discernement ; sans autre ornement que celui que donne la nature pour se bien
exprimer , & pour se bien faire entendre.

ARISTE.

Je n'ay pû jusques à present le
goûter. Son expression m'est si desa-
greable, que je n'en ai pû lire un Cha-
pitre entier.

CHOREBE.

Il ne faut pas s'attendre à y trouver un beau langage , mais il faut
être seur d'y rencontrer de belles ,
bonnes & solides pensées. Ses discours sont pour entretenir l'esprit,
le jugement , la raison. Lisez-les avec
dessein d'apprendre à bien connoître
l'homme , & vous y trouverez de
quoi vous contenter.

DIALOGVE LIX.

D'AMINTAS, CELANTE.

DAMINTAS.

C'EST en vain que vous me dites que je dois oublier ce que j'aime pour me guerir de mon amour ; il m'est impossible de me servir de ce remede.

En vain je tâche de sortir

Des fers qui m'ont l'ame enchaîsnée,

Je ferois mieux d'y consentir,

Et prendre en gré ma destinée,

La raison a beau publier

Que de l'amoureuse folie

Le seul remede, est d'oublier ;

Le remede est ce que j'oublie

Si bien que le malheur qui cause mon soucy,

I iiij

Vient de n'oublier point & d'oublier auſſi.

CELANTE.

Fuiez celle que vous aimez.

DAMINTAS.

C'eſt, comme ſi vous me diſiez de me fuir moi-même, puiſqu'elle me poſſede tout entier.

CELANTE.

Hé bien fuiez-vous vous-même en donnant aſſez de force à vôtre eſprit pour détruire par la raiſon la foibleſſe de vôtre cœur.

DAMINTAS.

Quoi ! n'avez-vous jamais aimé ?

CELANTE.

Je vous vois venir ; vous voulez me renvoier au temps de mes folies pour avoir un pretexte de juſtifier les vôtres. Ne cherchez pas des aveugles pour vous conduire : croiez-moi plûtôt à preſent que je ſuis revenu de la paſſion qui vous tourmente,

que si j'y étois encore engagé aussi-
bien que vous.

DAMINTAS.

Mais n'est-il pas vrai que vous n'ê-
tes devenu sage que depuis que vous
n'étes plus amoureux? comment voulez-vous que je ne sois pas fou, puisque j'aime encore?

CELANTE.

Puisque vous raisonnez tant pour
vous défendre, c'est signe que vous
ne voulez pas étre gueri ; pour se
délivrer d'une passion, il faut com-
mencer par vouloir en étre délivré,
& ainsi quand vous aurez cette volonté, je raisonnerai avec vous.

DAMINTAS.

Je l'ai cette volonté autant qu'on la
peut avoir.

CELANTE.

Commencez par ne plus voir ce
que vous aimez, pour me prouver
que vous ne voulez plus aimer.

I v

DAMINTAS.

N'y a-t-il point quelque autre moien plus aifé & en même-temps plus efficace pour fe délivrer de fon amour ?

CELANTE.

Je n'en voids point d'autre ; voiez-vous-même fi vous n'en trouvérez point.

DAMINTAS.

Ah! ne me donnez point ce foin, je vous prie : ce feroit bien affez pour moi, fi je me fervois de ceux qu'on me donne, fans en chercher moi-même d'autres que ceux qu'on m'enfeigne.

CELANTE.

Je voids bien, de l'humeur que vous êtes, qu'il n'y aura que le temps qui détruira vôtre amour, comme il n'y a que lui, qui détruit ordinairement celui de tous les autres.

DIALOGVE LX.

FABIASTE, CLORESTAN.

FABIASTE.

A Quoi fert la Medecine, finon à empêcher que perfonne ne de-fefpere de fa vie ?

CLORESTAN.

Elle fert encore à aider la nature contre les maux que l'intemperance, ou les autres accidens luy caufent tous les jours.

FABIASTE.

De la maniere que bien des gens la pratiquent à prefent, elle fert plû-tôt à détruire les forces de cette pau-vre nature, qu'à les augmenter. Re-marquez bien, je vous prie, avec moi, Cloreftan, qu'il femble que tout fon exercice ne tende qu'à cette deftruction; on tire beaucoup de fang, qui fait la vie ; on éteint ou du

I vj

moins on diminuë par de differens
breuvages la chaleur qui fait la force ; on retranche par de longues diet-
tes les alimens qui entretiénnent la
substance ; on.....

CLORESTAN.

Vous ne dites rien là de nouveau,
Fabiaste ; on a dit tout cela avant
vous , & apparemment on le dira encore aprés, sans que tout cela tire à
aucune consequence contre les Medecins : quand vous vous verrez à
l'extremité, vous serez bien aise qu'on
vous en fasse venir de toutes sortes
pour avoüer avec vous que vous étes
bien malade, & pour vous dire qu'on
peut vous guerir; pendant que vous le
faisant accroire , ils n'en croiront rien
eux-mêmes.

FABIASTE.

Si je les fais venir , ce sera pour la
satisfaction de ma famille.

CLORESTAN.

Vous y trouverez peut-être aussi
vous-même quelque petite consola-

tion ; plus on eſt en danger de perdre la vie , plus on l'aime ; l'on
s'accroche dans ces momens par tout
où l'on peut pour la conſerver.

FABIASTE.

Je changerai donc bien de ſentimens.

CLORESTAN.

N'en doutez-pas ; quand on ſe
voit à la porte de l'autre monde,
on raiſonne bien d'une autre maniere,
que lorſqu'on s'en croioit fort éloigné. Voici à propos de cette difference ce que fait dire Monſieur de
Corneille par Andromede lorſqu'elle
étoit ſur le point d'être devorée par
un monſtre.

Affreuſe image du Trépas ,

Qu'un triſte honneur m'avoit fardée ,

Surprenantes horreurs , épouventable
idée ,

Qui tantoſt ne m'ébranliez pas ;

Que l'on vous conçoit mal, quand on
   vous envisage

Avec un peu d'éloignement !

Qu'on vous méprise alors , qu'on vous
   brave aisément !

Mais que la grandeur de courage

Devient d'un difficile usage ,

Quand on touche au dernier moment ?

FABIASTE.

Si vous me comparez à Andromede , il faudra aussi comparer au mon-
stre ces Medecins dont je viens de
parler ; c'est ce qu'on n'a pas encore
fait : on s'est contenté de les appeller
oiseaux de mauvais augure , & de
leur donner mille autres noms inju-
rieux ; mais peut-être pretendez-vous
trouver ici quelque rapport , à cause
qu'ils aiment le sang.

DIALOGUE LXI.

TIMOCLAS, PHILISTE

TIMOCLAS.

IL me femble que je ne voids plus vôtre fils en ce païs-ci, qu'eft-il donc devenu?

PHILISTE.

Je l'ai envoié en Allemagne pour y paffer un année ou deux, afin de le dé-païfer.

TIMOCLAS.

Vous avez fait tres fagement, de le priver pour quelque temps des dou-ceurs de fa patrie. On demandoit un jour à Ariftippe en quoi un habile homme différoit d'un fot: qu'on les " envoie, dit il, hors de leur pais, & " on le verra. Ariftippe vouloit dire " qu'un homme bien entendu eft beau-coup moins embaraffé qu'un mal habi-le homme, quand ils font l'un & l'au-

tre hors du lieu où ils ont été ele-
vez ; mais au retour ordinairement
celui qui est sot revient habile, &
celui qui est habile révient encore plus
habile qu'il n'étoit.

PHILISTE.

Ce que vous dites est vrai ; parce
que quand on est hors de chez soi,
on se trouve obligé de se conformer à des coûtumes differentes , de
se precautionner contre des gens
qu'on ne connoît pas, de se passer de
bien des choses qui accommodent,
parce qu'on ne les trouve pas toûjours, & enfin de se ménager avec
plusieurs sortes d'esprits qui font
étrangers, & par consequent avec qui
on n'a aucune liaison de sang , ny
d'amitié. Tout cela donne à l'esprit
une certaine habileté qu'il n'acquiert
point dans son païs, où il a toutes
ses aises , où il voit presque toûjours
les mêmes personnes , où il vit toûjours selon les mêmes coûtumes , &
où il a beaucoup d'amis & de parens.

TIMOCLAS,

Le corps même trouve son compte dans les voiages ; la fatigue l'endurcit & le rend moins fensible à la douleur, l'exercice le fortifie & le fait plus robuste ; il n'a plus cette delicatesse que donne & entretient la tranquillité du pais natal.

PHILISTE.

Nous devons auffi avoüer qu'il y a des païs où il n'eft pas utile à toutes fortes de personnes de voiager. Je ne conseillerai jamais à un jeune homme d'aller en de certains pais où les plaisirs regnent avec toute sorte de licence & de liberté ; on ne peut trop prendre de precautions-là dessus pour la jeunesse, & cependant je remarque qu'on n'en prend pas affez ; c'eft pourquoi il arrive souvent, que les jeunes gens qui ont fait ces sortes de voiages, font d'ordinaire trèsdébauchez dans la suite de leur vie , sans application au travail, & fort incapables des Charges où on les place ; parce que la funeste habitude qu'ils ont prise dans les plaisirs pendant leur jeunesse , leur a tellement corrompu l'esprit , qu'il y en a peu qui détruisent cette corruption. Examinez le monde en faisant cette reflexion , & vous trouverez qu'elle n'est pas sans fondement & sans preuves.

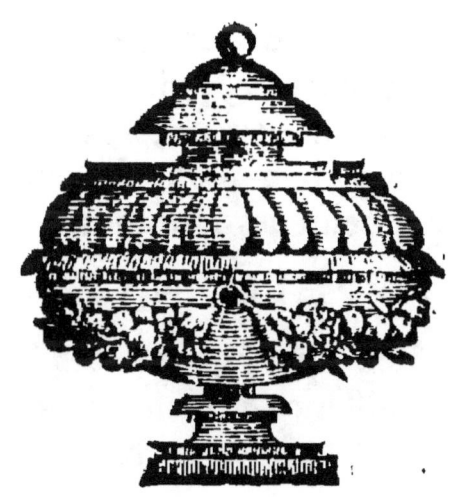

DIALOGVE LXII.

PHELONTE, FLORAME.

PHELONTE.

J'Avoüe avec vous que Valianté est extrémement zelé; mais avoüez avec moi que son zele seroit plus discret , s'il étoit plus habile dans les matieres qui en sont le sujet.

FLORAME.

Il est vrai que , de même qu'il n'y a point de plus specieux zele que le zele des hypocrites, point de plus terrible que le zele des vindicatifs , aussi il n'y en a point de plus indiscret que celui des ignorans.

PHILONTE.

Ajoûtez que , quand ces ignorans ont la puissance en main , leur zele est également pernicieux & indiscret.

FLORAME.

Cela eſt vrai, & nous n'en voiont que trop d'exemples dans le monde.

PHILONTE.

C'eſt pourquoi il eſt de l'utilité publique, de ne mettre dans les emplois & dans les Charges, qui donnent de l'authorité ſur les autres, que des perſonnes éclairées & qui ſoient remplies de zele & de vertu : ſans l'habileté on eſt en danger de bien faire des injuſtices ; ce n'eſt pas aſſez de vouloir diſtinguer le vrai d'avec le faux, de vouloir fuir celui-ci, & ſuivre celui-là ; il faut en effet ſçavoir connoître parfaitement l'un & l'autre ; & c'eſt-ce que les ignorans ne ſçavent pas.

FLORAME.

Ces ſortes de zelez ne laiſſent pas de ſe perſuader que la raiſon eſt entierement de leur côté.

PHILONTE.

Ils se le persuadent même avec plus de fermeté que les plus habiles. Est-ce que les ignorans sçavent douter ? tout est évident & démonstratif pour leurs opinions. Pour sçavoir douter il faut bien sçavoir des pour, & des contre ; tous les ignorans en general sont trop bornez, pour aller si loin ; & les ignorans zelez sont trop impatiens, pour se donner le temps d'examiner, & trop superbes, pour être d'humeur à démentir leurs premiers mouvemens.

DIALOGUE LXIII.

NAUCRATION, POLIDANTE.

NAUCRATION.

QUe lifez-vous-là, Polidante?

POLIDANTE.

C'eft la vie de Sixte V. Elle me divertit beaucoup ; je prens plaifir particulierement à fes bons mots, comme à celui-ci que je viens de lire ;
& que vous ne ferez peut-être pas
fâché que je vous repete.

NAUCRATION.

Dites plûtôt, que vous me ferez
bien du plaifir, fi vous me l'apprenez,
car, comme je n'ai jamais lû la vie de
ce Pontife, apparemment je ne le fçai
pas.

POLIDANTE.

Le voici ; ce Pape qui étoit de tres-
baffe naiffance, entendant un jour

parler de quelques Maisons illustres d'Italie , dit que sa Maison étoit aussi trés-illustre ; parce qu'elle étoit à demi découverte, les murailles n'é-tant faites que de vieilles nattes tou-tes rompuës , de sorte que le Soleil y entrant de tous côtez , elle étoit tres-éclatante. Il ne cachoit pas , comme vous voiez, son premier é-tat ; en effet il en parloit souvent , & sembloit même s'en faire un hon-neur.

NAUCRATION.

Il avoit raison d'aller lui-même au-devant de ceux qui pouvoient lui en faire quelques reproches ; en avoüant de bonne foi qu'il étoit de basse nais-sance , il empêchoit qu'on n'allât foüilleré dans son obscurité pour le chagriner , & ainsi il laissoit les esprits tous occupez & prevenus de l'éclat qui environnoit son éle-vation , sans qu'ils se missent en peine de ce qu'il avoit été autre-fois , parce qu'il sembloit que lui seul prenoit ce soin.

POLIDANTE.

Il est vrai que l'on trouve toûjours son compte dans ces sortes d'humiliations ; au lieu que ceux qui veulent cacher ce qu'ils ont été, pour faire seulement paroître ce qu'ils sont, ne font qu'exciter la curiosité, & en même-temps beaucoup de mépris ; on attribuë ordinairement quelque imperfection à ce que l'on cache avec soin, suivant ce qu'on disoit autrefois, *malum est quod tegitur.*

DIALOGUE.

DIALOGVE LXIV.

THEODINE, CLARIMOND.

THEODINE.

JE fuis bien fâchée , Clarimond , de vous avoir fait attendre fi long-temps ; j'étois en Conference avec mon Directeur, c'eft un homme admirable , je ne puis l'abandonner , tant fa converfation eft inftructive & édifiante.

CLARIMOND.

N'eft-il pas auffi vôtre Confeffeur ?

THEODINE.

Non ; c'eft un Religieux qui veut bien prendre le foin d'entendre mes fautes , & de m'en abfoudre.

CLARIMOND.

Si vous paffez autant de temps

K

avec vôtre Confesseur qu'avec vôtre Directeur , je trouve que vous
n'en avez gueres de reste pour
donner à la conduite de vôtre famille & aux soins de vôtre ménage.

THEODINE.

Oh ! je suis fort peu de temps
avec mon Confesseur , je n'ai pas
de grands entretiens avec lui.

CLARIMOND.

Je vous crois , Theodine ; car le
recit de ses fautes est tres penible,
on termine cette affaire le plus promptement qu'on peut ; & comme on
n'est aux pieds d'un Confesseur que
pour s'accuser, on se lasse bien-tôt
de cette contrainte.

THEODINE.

Je m'accuse aussi de ces mêmes fautes auprés de mon Directeur.

CLARIMOND.

Vous faites quelque chose de
plus ; aprés que vous vous êtes ac-

cufée, vous dites des raifons pour
vous juftifier de ces fautes , vous
les couvrez autant qu'il vous eft pof-
fible , vous en chargez quelque autre ; vous faites en forte de leur
donner un certain air d'innocence &
de juftice que vous cherchez dans les
défauts de vôtre mari , de vos enfans , de vos domeftiques ; le Directeur vous écoute , il vous fait quelques objections ; vous y répondez ;
puis vous faites des inftances , l'efprit
fe contente de cette maniere ; & il
faut du temps pour tout cela. Ainfi je
ne m'étonne plus, dit Monfieur de la
Bruyere , de ce que le Directeur a le
pas fur le Confeffeur.

DIALOGUE LXV.

PLEIRANTE, THEASTE.

PLEIRANTE.

THeonte, j'ai plus de Religion que vous ne pensez.

THEASTE.

Pleirante, faites-moi voir en vous des mœurs reglées, & je vous croirai. Il me paroît en quelque maniere également impossible, d'avoir les mœurs reglées quand on n'a pas de Religion, & d'avoir de la Religion quand on à toûjours les mœurs déreglées.

PLEIRANTE.

Je croi tout ce que l'Eglise me commande de croire, je ne dispute jamais contre elle, je suis aveuglement soumis à ses decisions.

THEASTE.

Tout cela est bon ; mais pour me

cônvaincre il me faut des preuves
exterieures de ce que vous dites ;
car je ne puis pénetrer dans vôtre
intérieur ; & ces preuves ne font autre chofe qu'une vie conforme à ce
que vous croiez. Appellez-vous avoir
de la Religion, que de la détruire
autant qu'il eft en foi, par fes actions ?

PLEIRANTE.

N'eft-ce pas affez de croire ?

THEASTE.

Non ; il faut faire : il faut que le
cœur fuive les mouvemens de l'efprit ; autrement, on eft une chi-
mere, ou un phantôme de Religion.
C'eft fe moquer de Dieu, que de lui
offrir un efprit Chrétien qui anime
un cœur Epicurien.

PLEIRANTE.

Il n'eft pas fi aifé de faire que de
croire.

THEASTE.

Vous voici juftement où je vous

attendois. Voici comme vous raifon-
„ nez. Mon Dieu , je croirai tout
„ ce que vous voudrez ; pourquoi
„ ne vous croirois-je pas , m'en
„ coûte-t-il quelque chofe ? cela eft fi
„ aifé, il faudroit que je fuffe bien
„ déraifonnable , & en même temps
„ bien injufte , pour vous réfufer une
„ chofe qui me coûte fi peu ; je croi
„ donc , mon Dieu ; mais contentez-
„ vous de cette foumiffion de mon
„ efprit ; ne me demandez point
„ d'actions qui foient contraires aux
„ inclinations de mon cœur ; car j'au-
„ rois trop de peine à vous obéir ,
„ je . . . . .

PLEIRANTE.

Je ne penfe pas qu'il me foit jamais
arrivé de faire ce raifonnement.

THEASTE.

Vous ne penfez pas l'avoir fait ,
mais vous l'avez fait fans y avoir pen-
fé , pour ainfi dire. Etudiez vôtre
efprit & vôtre cœur , & vous avouerez
que je ne me trompe pas.

DIALOGUE LXVI.

IRION, DOMITIOR.

IRION.

CE n'eſt pas aſſez de prouver aux Juges que les cauſes que vous plaidez ſont bonnes, il faut que vous faſſiez en ſorte qu'ils ſouhaittent qu'elles le ſoient.

DOMITIOR.

Expliquez-moi, je vous prie, vôtre penſée.

IRION.

Les preuves dont un Avocat appuie ſa cauſe, font que les Juges la trouvent bonne, mais les affections & les mouvemens dont il l'anime, font qu'ils ſouhaittent qu'elle ſoit bonne. Appliquez-vous, ſi vous me voulez croire, a ne vous point écarter de ces deux principes dans l'exercice de l'art d'Orateur ; car ce n'eſt pas aſſez de convaincre l'eſprit pour bien réüffir ; il faut gagner le cœur. Les hommes font fi foibles & fi fragiles que , quelque droit qu'on ait , on ne peut prendre trop de precautions pour les y faire entrer , & pour aller au devant de l'injuftice que les differentes paffions dont ils font fufceptibles pourroient les engager. à rendre.

D O M I T I O R.

La verité n'eft-elle pas affez forte par elle-même pour forcer les hommes à prendre fon parti ?

I R I O N.

Leur raifon voudroit qu'ils priffent fon parti ; mais fouvent le cœur les empêche de la fuivre. On peut dire d'elle ce que Juvenal dit de l'homme de bien. *Laudatur & alget.* On le louë, mais on l'abandonne, & il meurt de froid & de neceffité. La verité , la juftice, la raifon , l'équité , la fageffe , emportent toûjours avec elles l'eftime & l'approbation de ceux qui les connoiffent ;

mais il arrive quelquefois qu'on leur
refufe de la protection ; on les regarde comme d'illuftres difgraciées
dont on eftime le merite , mais dont
des raifons d'interefts , de politique,
ou de refpects humains empêchent
de prendre la défenfe.

DOMITIOR.

L'éloquence eft donc d'un grand
ufage dans le monde , & d'une grande neceffité.

IRION.

On n'en pourroit trop loüer l'invention, & en eftimer la pratique ,
fi elle ne fervoit qu'à défendre, ou
à orner, ou à découvrir & faire
connoître la verité ; mais on l'a re-
duitte à un autre ufage fi pernicieux,
que le mal qu'elle fait balarçant le
bien qu'on en tire, eft caufe qu'on
la regarde comme un inftrument
dont les hommes fe fervent pour
faire du bien ou du mal felon les
paffions dont ils font agitez ; vous

K v

êtes, Domitior, dans un emploi, où vous avez besoin d'éloquence, & en même-temps de probité pour résister aux occasions qui vous exciteront à vous servir de cet art de bien dire pour mal parler, je veux dire pour défendre de mauvaises causes, & par conséquent pour trahir la verité. L'éloquence sans la probité dans ceux de vôtre profession est un couteau qui sert également à égorger l'innocent & à proteger le coupable.

DIALOGUE LXVII.

SOLITANTE, COSMONTALDE

SOLITANTE.

J'Ai peu de biens, il est vrai, Cos-
montalde, mais, comme je suis
content de ce peu que je possede,
ne me croiez pas malheureux au milieu de ma pauvreté.

> Je joüis d'une paix profonde ;
>
> Et pour m'assûrer le seul bien
>
> Que l'on doit estimer au monde,
>
> Tout ce que je n'ai pas je le compte
> pour rien.

Ainsi je me fais heureux à tres petits
frais, comme vous voiez.

COSMONTALDE.

C'est-à-dire que vous voulez-vous
croire heureux ; car avoüez de bonne foi, c'est-là tout au plus le bon-

K vj

heur qu'on peut esperer de l'indi-
gence : je regarde tous les raisonne-
nemens des Philosophes sur le mépris des richesses & sur les loüanges
de la pauvreté comme des gascon-
nades de gens qui montrent plus de
courage par leurs paroles qu'ils n'en
ont dans le cœur.

SOLITANTE.

Les Idolatres des richesses ne peuvent pas se persuader qu'on les
puisse mépriser. Mais ceux qui font
assez d'attention sur ces faveurs de
la fortune , pour les étudier &
les connoître , ne peuvent croire qu'on les regarde comme des
biens.

COSMONTALDE.

Je sçai que la speculation fournit
de charmantes idées contre elles à
ceux qui ont sujet d'en être mécon-
tens par la disette qu'ils en ont ;
mais je croi que si la pratique leur
étoit possible , ils ne seroient pas fâchez d'en essaier du moins pour
quelque temps , afin d'en parler avec

connoiſſance & par conſequent avec plus de ſureté.

SOLITANTE.

Je me repreſente aſſez par mes reflexions tout l'uſage qu'on en peut faire , ſans qu'il ſoit beſoin que je les poſſede pour cela. Mais vous ne ſerez jamais convaincu de ma ſincerité ſur cette matiere , parce que vous êtes trop prevenu en leur faveur.

COSMONTALDE.

Ma prevention me paroît fort juſte ; elles m'apportent de trop grandes utilitez , pour que j'endiſe du mal. Sans elles je ne menerois pas une vie ſi tranquille. Les incommoditez de la pauvreté , quelque choſe que vous diſiez , ne ſont point un moien pour avoir le repos. Quand on manque de tout , on deſire bien des choſes , & quand on deſire bien des choſes , on eſt dans de grands mouvemens & dans de chagrinantes inquietudes.

SOLITANTE.

Les richeſſes ne ſont pas ſans leurs chagrins.

COSMONTALDE.

En tout cas chagrin pour chagrin, j'aime mieux en avoir avec elles qu'a-vec la pauvreté.

SOLITANTE.

Elevez-vous au deſſus des ſens avant que de vouloir raiſonner d'une au-tre maniere. Car ſi vous ne ſongez qu'à les contenter ; vous ne penſerez qu'à être riche.

DIALOGVE LXVIII.

CLEONICE, DIRCIE.

CLEONICE.

BAlzac nous parle trop souvent de ses maladies.

DIRCIE.

Il en parle d'une maniere si enjoüée, qu'on se doit faire un plaisir qu'il nous en entretienne : par exemple, en parlant de sa sciatique , il dit ; je suis d'un côté devenu si vaillant, que je « ne ferois pas un pas, si j'étois pour- « suivi d'une armée ; & de l'autre si « glorieux , que quand le Pape me « viendroit voir, je ne l'irois pas re- « conduire jusqu'à la Porte. Y.a.t.il « rien dans ce discours qui doive dé- plaire à ceux qui le lisent ?

CLEONICE.

Je ne m'étonne pas de ce que vous prenez si bien son parti, il est vôtre favori ; ses Lettres ont de si grands

charmes pour vous , que vous en
aimez jusques aux points & aux vir-
gules.

DIRCIE.

Ce ne sont pas les points & les vir-
gules que j'en aime , c'est la pureté ,
la delicatesse & l'harmonie de la langue que j'y remarque. De quelque
mauvaise humeur qu'il paroisse en
parlant de ses peines , il y plaît en
se fâchant ; il s'y éleve , mais c'est
avec douceur ; il s'abaisse , mais c'est
avec dignité. Sa familiarité avec les
grands y est discrette, ses respects n'y
sont point serviles ; & il s'écarte entierement des excez de certains de-
clamateurs de nôtre temps , qui ne
peuvent loüer sans lâcheté, ni blâmer
sans calomnie , qui ne connoissent
point de milieu entre le Phœbus de la
vieille Cour & le langage du menu
peuple, & qui croient que pour ne
pas tomber dans la boüe , il faut se
perdre dans les nuës.

CLEONICE.

Comment ! Dircie, vous dites des

merveilles en loüant Balzac!

DIRCIE.

D'autres en ont parlé de la forte avant moi. On a encore dit de l'efprit de cet Orateur quand il fe relâche & de fon ftyle quand il fe familiarife, ce qu'un Poëte difoit autrefois d'une Princeffe qui s'habilla en Bergere.

Non copre habito vil la nobil luce,

E quanto è in lei d'altero e di gentile,

E fuor la maeftà regia tra luce

Pergli atti ancor de l'Effercitio hu-
mile.

CLEONICE.

Apparemment ces-paroles Italien-nes contiennent quelque chofe de beau.

DIRCIE.

Voici ce qu'elles fignifient. Quoi-que fes habits & fes manieres aient "un air fimple & commun, on ne "laiffe pas d'y entrevoir l'éclat de fa "majefté.

CLEONICE.

Vous ſçavez donc auſſi l'Italien ?

DIRCIE.

Comme c'eſt la langue de nôtre ſexe ; Je me ſuis fait un plaiſir de l'ap prendre.

CLEONICE.

Vous me donnez auſſi envie de devenir ſçavante. Mais j'apprehende que les hommes ne ſe moquent de moi.

DIRCIE.

Les hommes ne ſe moquent jamais que des femmes qui reſtent en chemin, qui ne ſont que des demie ſçavantes, & qui cependant veulent paſſer pour l'eſtre au ſouverain degré ; mais ils eſtiment & admirent celles qui le ſont tout de bon.

DIALOGVE LXIX.

ORANTE , THEUDAS.

ORANTE.

VOus vous trompez , Theudas ; quand vous attendez des servi-ces de vos amis , vous qui n'en ren-dez jamais à personne.

THEUDAS.

C'est en cela que je connoîtrai mes veritables amis.

ORANTE.

Si vous n'avez besoin de rien, faites cette épreuve, j'y consens ; mais si vous avez besoin de quel-que chose , croiez-moi , montrez-vous plus obligeant , si vous vou-lez dans la suite obtenir ce que vous demandez ; & soiez pour une bon-ne fois persuadé de cette verité ; c'est que, *quelques offres de services que les hommes se fassent les uns aux autres , ils ne regardent dans celui ,*

à qui ils font ces offres , ce qu'il eſt
digne qu'on faſſe pour lui , qu'aprés
qu'ils ont regardé ce qu'il peut faire
pour eux.

THEUDAS.

Tous les hommes , à vous entendre
parler, ſont bien intereſſez.

ORANTE.

Quoi ! connoiſſez-vous ſi peu
l'homme , que vous doutiez de cette verité ? dites-moi , je vous prie,
n'eſt-il pas naturel de s'aimer ? & s'il
eſt naturel de s'aimer , n'eſt-il pas naturel de ſe procurer du bien , du plaiſir , de la gloire , de la faveur , de la
reputation , du repos ?

THEUDAS.

Mais s'il eſt ſi naturel d'être intereſſé ; pourquoi fait-on paroître de
l'indignation dans le monde pour
ceux qui ſe laiſſent conduire par l'in-
tereſt ?

ORANTE.

Vous deviez ajoûter , & qui pour

contenter cet interêt prennent des "
moiens & des voies contraires à la "
raison, à la justice, à la charité, à "
la bienséance, à la Religion ; c'est "
seulement pour ceux-là que l'on
a de l'indignation. Un serviteur qui
travaille afin de gaigner les bonnes
graces de son Maître & se procurer
parce moien quelque avantage , &
quelque voie pour son établissement
ne doit point être méprisé pour cela ;
mais un Courtisan qui emploie la
perfidie , la flaterie , la trahison,
pour s'élever au dessus des autres ;
montre un esprit d'interêt qui malgré l'éclat qui l'environne ne merite
que du mépris, & de l'horreur.

DIALOGVE LXX.

ELIANTE, FLORICE.

ELIANTE,

JE dois dire de mon mari ce qu'Agrippine dit de Neron dans la Tragedie de Britannicus.

Je le craindrois bien-tôt, s'il ne me craignait plus.

FLORICE.

Et je puis dire du mien,

Je le crains trop, pour qu'il me craigne.

Dites-moi, je vous prie, Eliante, de quels moiens vous êtes vous servie pour devenir ainſi la Maîtreſſe ?

ELIANTE.

Je n'ai d'abord montré aucune timidité.

FLORICE.

N'eſt-ce point plûtôt, parce que celui que vous avez pour époux n'a pas ſçeu faire le Maître ? n'eſt-il point du nombre de ces maris qui à force de vouloir avoir de la com-plaiſance ne ſçavent qu'obéïr ; car j'ai toûjours remarqué qu'il n'y a que la lâcheté des hommes qui rend les femmes courageuſes. En effet nous voions tous les jours de petits ma-ris fluets, delicats, qui ſe rendent maîtres de leurs femmes, quelque puiſſantes & terribles qu'elles ſoient, pourveu qu'ils montrent dans leur petiteſſe de la fermeté & du cou-rage.

ELIANTE.

C'eſt-à-dire, ſelon vous auſſi bien que ſelon les hommes qui nous ont re uites ſous leur puiſſance, que la foibleſſe eſt le partage de nôtre ſexe. Florice, faites reflexion ſur nôtre éducation & vous reconnoîtrez que c'eſt plûtôt elle qui nous rend foi-

bles que la nature de nôtre temperament.

FLORICE.

Que nôtre foiblesse vienne d'où
elle pourra , nous ne laissons pas
d'en avoir beaucoup ; (avoüions - le
seulement entre nous) il semble même qu'il faut que cela soit ainsi
afin qu'il y ait un ordre de subor-
dination. Car , de bonne foi , si tout
le monde étoit également fort , tous
voudroient également commander ,
& tous refuseroient également d'o-
béïr. Il faudroit qu'autant d'hommes fussent autant de Rois , & qu'autant de femmes fussent autant de
Reines , mais ce seroient là de plai-
sans Rois & de plaisantes Reines ,
puisqu'ils n'auroient point de sujets ;
je croi que leur Roiauté leur seroit
bien ennuyeuse , puisqu'on ne leur
rendroit point de respects , & qu'on
ne leur marqueroit aucune obeïssan-
ce. Voudriez-vous être Reine à ce
prix , Eliante ?

ELIANTE.

ELIANTE.

Vous badinez , Florice , j'aime mieux me taire , que repondre serieusement à vos raisonnemens railleurs.

FLORICE.

Quand nous traiterions cette matiere aussi serieusement que le Pere, le Moine l'a traitée dans sa Galerie des Femmes Fortes, nous ne serions pas moins sujettes , & les hommes ne seroient pas moins maîtres. S'il paroît de temps en temps de charitables hommes qui prennent nôtre parti , il y en a une infinité d'autres , qui ne les écoutant seulement pas, tiennent ferme dans la mauvaise habitude qu'ils ont de nous mépriser. Croiez-moi , Eliante , faisons en sorte de nous rendre aimables , pour avoir aussi nôtre empire sur les hommes ; ils auront beau faire les esprits forts , & les maîtres ; nous en ferons toûjours nos sujets tant qu'ils nous aimeront.

L

DIALOGUE LXXI.

VALERE, ZILIANTE.

VALERE.

ON me l'a rapporté ainsi, & ce-
lui-qui m'a fait ce rapport est
un homme de bonne foi.

ZILIANTE.

Quoi que je sois femme, & par-
conséquent (selon l'opinion commune de vous autres hommes) naturellement tres-credule, je ne laisse
pas de me défier extrémement des
rapports qu'on me fait, ou du moins
j'en diminue une bonne partie.

VALERE.

Mais, Ziliante, qu'elle raison pourroit engager un honnête homme à me
rapporter contre la verité des choses qui ne le regardent pas ?

ZILIANTE.

Valere, faites, je vous prie, cette

reflexion avec moi ; c'eft que, quand même celui qui fait un rapport ne le groffiroit pas par malignité, il le groffiroit naturellement par la feule crainte de paroître rapporter une bagatelle. En même temps qu'on rapporte une chofe, on veut faire croire qu'elle a valu la peine d'être rapportée, & pour cela on fait en forte de lui donner par quelques circonftances un certain air de conféquence, quand même la verité en devroit un peu fouffrir.

VALERE.

Ah ! mille raifons m'engagent à croire, qu'il n'y a rien de faux dans ce qu'on m'a dit.

ZILIANTE.

Autre qualité qui rend les rapports pernicieux ; c'eft, que ceux qui les écoutent les groffiffent auffi bien que ceux qui les font : pour peu que la preoccupation ou quelque paffion fe foit emparée de leur efprit contre ceux dont on leur parle. Quand on nous vient dire qu'un en-

nemi à fait quelque petite raillerie de
nous, nous ne manquons pas d'être per-
uadez, que c'étoit une cruelle médi-
fance ; nôtre efprit préoccuppé nous
veut faire croire qu'on nous parle
avec déguifement ; & qu'on ne nous
rapporte pas les chofes auffi malignes
& auffi criminelles qu'elles font.
Quand on me rapporte qu'un autre a
mal parlé de moi, je demande à celui qui me fait ce rapport une attef-
tation de la part du médifant, pour me
convaincre, que ce qui m'eft rapporté eft vrai. Je vous laiffe à penfer,
s'il y a fur ce pied preffe à me faire
des rapports. Auffi mon efprit eft-il
ordinairement en une grande tranquillité fur cette matiere.

DIALOGVE LXXII.

DORAME, CHRISALE.

DORAME.

DItes-moi, je vous prie, Chri-
fale, pourquoi vous êtes-vous
mis à foûrire, quand Trafon difoit
que le pere de Drianifte étoit un
bon homme, homme de Lettres,
homme qui alloit toûjours fon grand
chemin ; eft-ce que cela n'eft pas
vrai ?

CHRISALE.

Cela eft tres-vrai, puifqu'il étoit
Meffager.

DORAME.

Ce n'eft pas là le fens dans lequel
je prenois ces loüanges.

CHRISALE.

Et c'eft-ce qui m'a fait rire.

DORAME.

Trafon eft donc Railleur, à ce que je vois ?

CHRISALE.

Il eft de ces railleurs froids , & d'autant plus dangereux , & pi-quans , qu'ils paroiffent parler de bonne foi , & fans déguifement.

DORAME.

J'y ai été trompé moi-même ; comme vous voiez ; car je penfois qu'il parloit fans vouloir choquer Drianifte. Je ne m'y fierai plus.

CHRISALE.

Sçavez-vous ma conduite pour n'être point en but à fes railleries ?

DORAME.

Je vous prie de me l'apprendre ; cela me pourra fervir.

CHRISALE.

La voici. Je lui ai fait connoître que fon efprit ne m'eft pas inconmû , & que je ne lui laisserois rien passer sans le redresser ; vous ne pouvez croire combien il me ménage là-dessus , & quelles précautions il prend pour ne rien dire qui me puisse offenser ; s'il remarque quelque défaut en moi , il m'en avertit eu confidence & en particulier. Mais en public , il se donne bien de garde de me mordre en riant.

DORAME.

Cette conduite est de tres-bon sens , & me paroît fort sure ; car les Railleurs n'aimant point naturellement à être raillez ; je ne doute point qu'il ne prenne de grandes mesures avec vous pour ne point s'attirer ce qu'il craint. C'est avec raison que l'on conseille à ceux qui haïssent les querelles d'éviter la raillerie , comme un piege que leur esprit tend à leur repos.

DIALOGVE LXXIII.

FLORIDOR, EVANDRISTE

FLORIDOR.

JE ne vois pas pourquoi, à cause que Malherbe crachoit souvent en lisant quelque piece de sa façon, on a dit qu'il n'y avoit point d'homme plus humide, ni de Poëte plus sec, puisque ses ouvrages ont été tres-bien reçeus du public.

EVANDRISTE.

C'est qu'on a voulu, pour dire un bon mot, joüer sur l'humide & le sec; si par hazard, il eût porté ordinairement quelque habillement verd, on n'auroit pas manqué, de dire pour joüer, sur les mots, qu'il emploioit le verd & le sec. C'est une violente démangeaison que celle de dire un bon mot.

FLORIDOR.

Cés difeurs de bons mots devroient du moins épargner les grands hom-mes, comme celui-ci, dont on a par-lé ainfi avec juftice.

C'éft de nôtre Pere Malherbe

Que nous avons appris cét agreable tour ;

Ce fecret de placer & le nom & le verbe ,

Qui donne au ftyle un fi beau jour.

Ayant le fuperbe avantage

D'avoir poli nôtre langage ;

Ses écrits fe liront toûjours ;

Sa gloire fera fans feconde ,

D'avoir poly par fes difcours

Le plus poly peuple du monde.

EVANDRISTE.

Vous vous moquez d'exiger cette deference des difeurs de bons mots ;

L v,

c'eſt ſur les grands hommes qu'ils triomphent.

FLORIDOR.

Quel triomphe ! quelle gloire peut-on acquerir à médire des perſonnes diſtiguées par leur merite ou par leur élevation ?

EVANDRISTE.

Ah, Floridor , rendons leur juſtice ; ne les accuſons point de médiſance ; ils n'ont pas ordinairement ce deſſein ; ce ſont de bonnes gens qui le plus ſouvent ne parlent que pour parler ; qui cherchent plûtôt à divertir en diſant une choſe qu'ils croient fort ſpirituelle , qu'à faire mépriſer les autres.

FLORIDOR.

Ne pourroient-ils pas parler ſpirituellement , ſans attaquer perſonne?

EVANDRISTE.

Oh, ils ne ſeroient pas ſurs de plaire & de faire rire (ce qu'ils demandent particulierement.) Ils ſça-

vent bien que les hommes font fi injuftes les uns envers les autres; que
la Satyre la plus piquante & la plus
fpirituelle eft celle qui leur plaît le
plus.

FLORIDOR.

Méchante profeffion !

EVANDRISTE.

Quelque méchante & quelque dan-
gereufe qu'elle foit pour ceux qui
l'exercent; ils ne laiffent pas de la con-
tinuer, même aux dépens de leur repos & de leur fortune.

L vj

DIALOGUE LXXIV.

FELIANTE , LEANDRE.

FELIANTE.

IL n'eſt pas neceſſaire que je vous diſe quel eſt le livre que vous me voiez entre les mains, je crois que vous le devinez.

LEANDRE.

Je ſuis bien trompé, ſi ce n'eſt pas Voiture; car je ſçai il y a long-temps qu'il eſt vôtre favori.

FELIANTE.

Vous ne vous trompez point en croiant que ce ſont ſes œuvres que je tiens & qu'il eſt mon favori. Ne loüez-vous pas mon goût, Lean-dre ?

LEANDRE.

Comme n'auriez vous pas un goût loüable, puiſque vous étes toûjours avec celui qui le ſçait ſi bien former,

& lui donner ce qu'on peut souhaitter
de plus naturel, & en même temps de
plus enjoüé ?

FELIANTE.

Je vous sçai bon gré de la justice
que vous rendez à cet autheur.

LEANDRE.

Je viens de recevoir une lettre d'un
homme qui lui rend aussi justice, puisqu'il croit ses pensées assez bonnes
pour s'en servir ; mais il lui fait en
même temps injustice, puisqu'il donne pour siennes les pensées qu'il lui
dérobe. En voici une ; je croi que
vous la reconnoîtrez. Je ne me "
trouve jamais si glorieux que quand "
je reçois de vos lettres, ny si hum- "
ble que lorsque j'y veux répon- "
dre.

FELIANTE.

Oh! je la réconnois assûrement ;
Voiture s'en est servi en écrivant à
une personne tres distinguée par son
esprit & par sa qualité. Si la réponse
étoit ensuite dans le même autheur,

je vous conseillerois demander pour
toute repartie à vôtre plagiaire de
tourner le feuillet & qu'il trouveroit
la réponse à sa Lettre. J'admire la
hardiesse de cet homme ; il faut qu'il
soit extrémement effronté, pour s'appliquer les pensées d'un auteur aussi
connu que Voiture.

LEANDRE.

Puisqu'il a achepté ses œuvres, il
faut bien qu'il s'en serve pour son argent.

FELIANTE.

C'est-à-dire que lui & ses semblables pretendent que l'argent donne
autant de droit sur un Livre à ceux
qui l'ont achepté, que le travail,
l'invention, l'application en donnent
à ceux qui l'ont composé. Voilà un
genre d'Auteurs que je ne connoissois
pas encore.

DIALOGVE LXXV.

ZIRTON, PYMANTE.

ZIRTON.

ON peut dire de vous, Pymante, ce que Saldenus & Balzac diſent de Monſieur de Saumaiſe ; que vous répandez du vinaigre ſur vos écrits, qu'on ne vous voit jamais l'encenſoir à la main, ou que ſi vous vous en ſervez, ce n'eſt que pour y faire brûler du ſoulfre & de la poix reſine. Vous êtes de ces eſprits boüillans dont parle Pline, qui rempliſſent le Ciel & la Terre de leurs moindres querelles. Croiez-moi, aiez moins de rudeſſe ; plus vous mal-traitterez les autres, plus vous les exciterez contre vous, & moins vous les changerez.

PYMANTE.

Il m'eſt impoſſible de lire de certains Ouvrages qui me tombent entre les mains ſans m'emporter de fu-

reur & d'indignation contre ceux qui
en font les Autheurs.

ZIRTON.

Je me ressouviens que quand j'étois
jeune, mon Precepteur me donnoit
cet avis pour la Lecture des livres :
admirez, me disoit-il, ce que vous "
y trouverez d'excellent, loüez ce "
que vous y trouverez de mediocre, "
& excusez avec bonté ce que vous "
y trouverez de méchant.

Admirare bona in libris, mediocria
lauda,

Excusa, Lector candide, quæ mala
funt.

PYMANTE.

Et ainsi selon vous il faudra laisser
passer avec bonté les ignorances &
les erreurs que nous trouvons dans
beaucoup d'Ouvrages qui paroissent
aujourd'hui, sans nous soucier, nous
qui connoissons ces defauts, s'ils corrompent l'esprit de ceux qui ne sçavent pas les connoître.

ZIRTON.

Vous allez à une autre extremité;
Vous pouvez les reprendre ces erreurs, ces ignorances ; mais faites
que vôtre Critique ſoit utile au public & à ceux que vous reprenez ; &
pour cela, ne monttrez point de paſſion ; parce qu'en reprenant avec
emportement ; d'un côté, ceux que
vous reprenez vous regardant comme un ennemi, ne ſongent qu'à ſoû-
tenir & défendre leurs fautes, de peur
de vous donner priſe ſur eux, s'ils les
reconnoiſſoient ; & d'un autre côté le
public vous regardant comme un homme violent, furieux, de mauvaiſe humeur, croit qu'agiſſant avec paſſion, vous reprenez ſans raiſon, &
ſans ſujet.

PYMANTE.

Qu'il ſe rende habile ce public, s'il
veut connoître ſi j'ai raiſon, ou non.

ZIRTON.

Voiez, où vôtre naturel violen^t
vous emporte ; d'une querelle parti-

culiere vous étes d'humeur à vous
en faire une universelle ; aprés avoir
dit des injures à un seul homme, si
d'autres prennent son parti, vous
en direz volontiers à tous les hommes ensemble, croiez-moi, encore
une fois, Pymante, vous qui vous
piquez d'être utile au public par vos
connoissances, aiez plus de douceur,
si vous voulez lui apporter veritablement de l'utilité.

DIALOGVE LXXVI.

ARISTION, LYCANTE.

ARISTION.

LA plûpart des incredules comme vous ont plus d'obſtination &
d'enteſtement , que de raiſonnement
& de prudence. Monſieur le Cardinal de Berule dit à un jeune homme
qui ne vouloit point croire de de-
mons, parce qu'il n'en avoit point veu;
ſi cette raiſon de vôtre incredulité "
étoit bonne , voiez quelle en ſeroit "
la ſuite ; je ſerois bien fondé à m'i- "
maginer que vous n'avez ny eſprit "
ny jugement , car je ne voids ny "
l'un ny l'autre. Il ne faut pas toûjours diſputer contre les opiniâtres
avec de grands raiſonnemens ; ces
ſortes de diſputes les fortifient dans
leur opiniâtreté ; parce que plus les
armes ſont fortes, plus ils y reſiſtent:
on en tire plus de raiſon quand on
les rend un peu ridicules. Un bon
Religieux ſe trouvant un jour dans

un Coche avec un Libertin, & celui-
ci niant tous les faits que ceux de la
même compagnie citoient pour lui prou
ver quelques veritez de nôtre Religion, parce que, disoit-il, tous les
hommes peuvent tromper & être
trompez ; le bon Pere l'apostropha,
& lui dit, Monsieur, qu'étoient vô-
,, tre pere & vôtre mere? c'étoient, ré-
,, pondit l'esprit fort, un honnête hom-
,, me & une honnête femme d'une
,, telle profession, faits d'une telle
,, maniere; cela n'est pas vrai lui répar-
,, tit le Religieux, vôtre pere étoit
,, un Taureau, & vôtre mere une
,, Vache: vous ne pouvez me prou-
,, ver le contraire qu'en me raportant
,, vôtre témoignage ou celui des au-
,, tres que selon vous, je ne suis pas
,, obligé de croire ; parce que tous
,, les hommes peuvent tromper &
,, être trompez. L'objection fit rire
la compagnie, & fit taire l'incredule,
qui aima mieux garder le silence, que
de donner occasion de l'entretenir
d'une telle parenté.

LYCANTE.

Mais pourquoi trouvez-vous mauvais, Ariftion, de ce que je ne veux pas
croire ce qu'on me veut perfuader ,
qu'aprés en avoir connu la verité ?
mon efprit n'eft-il pas fait pour raifonner ? Faut-il que je le rende efcla-
ve de l'authorité des autres en rece-
vant pour vrai tout ce qu'ils me donnent , fans ofer l'examiner ?

ARISTION.

Tant de gens spirituels , fçavans &
éclairez , qui croient ce que je vous
veux perfuader de croire , ne font-ils
pas une affez forte raifon pour vous
convaincre ?

LYCANTE.

Mais peut-être ces gens fpirituels ,
fçavans & éclairez , fe font-ils laiffez
perfuader par le même principe, que
vous voulez me donner pour preuves,
je veux dire , par la credulité recipro-
que des uns pour les autres.

ARISTION.

Ils ont cru aprés avoir examiné, &
l'examen qu'ils ont fait doit servir
pour ceux qui viendront aprés-eux,

LYCANTE.

Hé, n'eſt-il point permis d'examiner leur examen, car on dit que tous
les hommes ſont beaucoup ſujets à
l'erreur.

ARISTION.

Permettons, je le veux, à celui qui
eſt infaillible d'examiner l'examen de
ces grands hommes ; car s'il eſt failli-
ble, pourquoi ajoûterions nous plus
de foi à un ſeul qu'à pluſieurs, s'ils
ſont tous ſuſceptibles d'erreur ?

DIALOGUE LXXVII.

ALONSE, CHRISALDE.

ALONSE.

ENfin vous voila donc gueri.

CHRISALDE.

Oüi graces à la nature, à ma patience, & au refus que j'ai fait de recevoir aucun Medecin pour me secourir. J'ai eû confiance en la nature, je l'ai laissée agir sans m'impatienter, je ne me suis point affoibli par les remedes, j'ai eû soin d'entretenir ma chaleur naturelle, je me suis tenu autant qu'il m'a été possible dans la gaieté, & éloigné de tout ce qui me pouvoit donner du chagrin. Voila tous les Medecins dont je me suis servi.

ALONSE.

Vous êtes donc, à ce que je vois,

du nombre de ceux qui se font un
plaisir de décrier la Medecine.

CHRISALDE.

A Dieu ne plaise que je pretende
décrier la veritable Medecine, c'est-
à dire, celle qui ne tend qu'à conserver les hommes, sans être capable d'aucune preoccupation contraire à la fin qu'elle doit avoir. J'en
veux seulement aux faux Medecins,
à ces gens qui ne font pas ce qui
se doit faire, mais seulement ce qui
s'est fait ; qui n'agissent que par
imitation, ces gens dont les ordon-
nances sont comme des articles de
foi, sur lesquelles personne n'ose
raisonner en leur presence, & sur
lesquelles ils n'osent point raisonner eux-mêmes sans une permission
expresse de la Faculté qu'ils n'auront jamais la hardiesse de demander ;
qui affoiblissent & détruisent les hommes par des rafraichissemens, pendant qu'ils les veulent délivrer de
quelque infirmité ; qui.....

ALONSE.

ALONSE.

Vous & vos semblables aurez beau crier contre ces Medecins, Alonse, ils seront toûjours les Maîtres de la vie de la plus part des hommes ; il y a déja long-temps que l'on desapprouve les Medecins & que l'on s'en sert ; le Theatre & la Satyre ne touchent point à leurs pensions, dit un bel esprit de nos jours. Ils dottent leurs filles, placent leurs fils aux Parlemens & dans la Prelature, & les railleurs eux-mêmes fournissent l'argent. Ceux qui se portent bien deviennent malades, il leur faut des gens, dont le mêtier soit de les assûrer qu'ils ne mourront point de cette maladie & qu'on les tirera d'affaires. Tant que les hommes pourront mourir & qu'ils aimeront à vivre, le Medecin sera raillé & bien paié.

CHRISALDE.

Si jamais je fais appeller de ces fortes de Medecins pour moi, ce sera par un motif d'honneur & de conscience, c'est-à-dire, lorsque je n'auray plus lieu d'esperer de vivre ;

M

afin de ne pas paſſer parmi leurs Par-
tiſans pour un homme, qui ſot mort
en deſeſperé.

DIALOGUE LXXVIII.

EUGENE, ARBATE.

EUGENE.

VOici une repartie qui ne vous
plaira pas moins que celle que
vous me venez d'apprendre. Un vieux
Courtiſan aiant obtenu du Roi Henri quatre ce qu'il avoit demandé,
s'habilla en jeune homme fort à la
mode, & ſe fit peindre ſa barbe gri-
ſe. Enſuite il alla ainſi metamor-
phoſé remercier le Roi. Ce Prince aiant entendu ſon compliment, &
le voiant ſi different de ce qu'il étoit,
lorſqu'il lui avoit accordé ce qu'il
ſouhaittoit, lui dit qu'il ne penſoit
pas lui avoir fait aucun don, & que
c'étoit à ſon frere aîné ; le Courtiſan
repartit, que la grace avoit été faite
à lui même, & que, s'il étoit changé

depuis , c'étoit que la faveur de son Roi l'avoit rajeuni.

ARBATE.

En voici une autre qui a quelque rapport avec celle que vous venez de me dire. Un Vieillard qui avoit la tête toute blanche n'aîant pû obtenir quelque grace qu'il avoit demandée à l'Empereur Adrien , la lui vint redemander ensuite aprés s'estre peint lescheveux du plus beau noir qu'il pût trouver : le Prince l'aiant reconnu , lui dit , ce que vous me deman- « dez , je l'ai déja refusé à vôtre « pere.

EUGENE.

Les reparties promptes & spirituelles ont leur merite & leur utilité ; leur merite , parce qu'elles font ordinairement plaisir à l'esprit ; leur utilité , parce que , comme elles surprennent , on n'a rien de preparé pour leur opposer, & ainsi elles triomphent sans resistance de ceux qu'elles attaquent , ou font triompher facilement, pour ainsi dire , ceux qu'elles favorisent.

ARBATE.

Je voudrois qu'on ne fit que des reparties obligeantes.

EUGENE.

On risqueroit moins en les faisant ; mais elles ne seroient pas si agrea-blement receuës de ceux qui n'y prendroient aucun interêt , que celles qui ont un peu de raillerie ou de Satyre.

ARBATE.

Ainsi pour plaire à plusieurs , il faut déplaire à quelqu'un.

EUGENE.

L'homme est ordinairement reduit à ces sortes d'extrémités ; pour gaigner au jeu , il faut qu'un autre perde ; pour s'élever en une dignité, il faut qu'un autre en descende ; pour recevoir des honneurs , il faut que les autres s'abaissent au dessous de lui par des humiliations. Le malheur des petits fait fouvent le bonheur des Grands ; les miferes des pauvres les contraignent à fervir les riches ; les afflictions qui accablent ceux que l'adverfité tourmente les engagent fouvent, afin de fe foulager, à travailler pour les plaifirs de ceux qui font dans la profperité . . . .

ARBATE.

Eugene, vous êtes trop en humeur de moralifer, il s'agit à prefent d'autre chofe, allons où vous fçavez que nôtre prefence eft neceffaire.

DIALOGVE LXXIX.

ACANTE, LUCIAS.

ACANTE.

VOus riez de bon cœur, Lu-
cias.

LUCIAS.

Vous rirez peut-être d'auſſi bon
cœur que moi, quand vous ſçaurez
ce que je viens de lire ; le voici. Un
Roi d'Eſpagne montrant à un Ambaſſadeur de France le portrait d'un
de nos Rois qu'il avoit fait mettre
dans le lieu qui lui ſervoit pour ſes
,, neceſſitez ſecrettes ; lui dit, vous
,, pouvez meſurer l'eſtime que je fais
,, de vôtre ſouverain par l'indignité du
,, lieu dans lequel je l'ai fait placer ;
,, Sire, lui répondit l'Ambaſſadeur,
,, c'eſt avec beaucoup de raiſon que
,, vous en avez uſé de la ſorte ; car,
,, comme vous l'apprehendez beau-
,, coup, vous n'avez qu'à le regarder,
,, quand la nature eſt pareſſeuſe ; la

veuë de fon feul portrait vous fait "
tant de peur, qu'elle vous donne "
la liberté du ventre.

ACANTE.

Cette repartie eft d'autant plus
foite, qu'elle humilie extrémement la
fierté Efpagnolle. Je me perfuade que
dans la fuite ce Roi d'Efpagne fe
trouvant fur fa chaife percée en prefence du portrait du Prince dont il
vouloit fe railler, & rapellant en fa
memoire la réponfe de l'Ambaffa-
deur, fe cantonnoit beaucoup dans
fa gravité naturelle, ou pour s'empêcher de trembler de peur, ou pour
s'empêcher de rire du bon mot.

LUCIAS.

Un Efpagnol rire d'un bon mot
qui l'offenfe ! vous n'y penfez pas,
Acante, quand vous croïez que cela fe puiffe faire. Une fierté offen-
fée ne s'oublie jamais jufques à ce
point, que de fe divertir de ce qui
la bleffe ; un orgueilleux regarde
comme autant d'injures qu'il ne peut
pardonner, toutes les plaifanteries
qui paroiffent le pouvoir humilier.

ACANTE.

L'orgueul a donc de grandes incommoditez pour ceux qu'il possede.

LUCIAS.

Parce que les superbes voulant toûjours primer & être au dessus des autres , trouvent en leur chemin
presque toûjours quelqu'un qui s'oppose a leur pretention , & à qui ils
ne peuvent resister , ils sont rongez
de chagrins violens qui ne leur laif-
sent prendre aucun repos.

ARCANTE.

Aussi leur joie est elle inconcevable,
lorsqu'ils ont le dessus.

LUCIAS.

La joie ne se fait pas tant sentir
que la douleur ; outre qu'il leur arrive si rârement , d'avoir des avantages proportionnez à leur vanité & à
à leur presomption , qu'on doit
compter cette joie presque pour
rien.

DIALOGUE LXXX.

PEDRE , SINTARQUE.

PEDRE.

UN Lacedemonien étant raillé d'avoir peint une mouche sur son bouclier, comme s'il eût voulu éviter d'être reconnu à une si petite marque ; vous vous trompez, dit-il à ceux qui le railloient ; car je " serrerai de si prés les ennemis, qu'ils " la pourront aisément connoître. " Voila la premiere remarque que j'ai trouvée dans les recueils de Volusius.

SINTARQUE.

Les Lacedemoniens n'ont pas été moins celebres pour leurs bons mots que pour leur courage dans la guerre, & pour leur maniere de gouverner pendant la paix.

M v

PEDRE.

Plusieurs autres peuples aussi-bien que ceux-ci fourniroient de quoi faire des recueils de leurs bons mots, s'il se trouvoit des Plutarques pour les recueillir ; j'en entends dire souvent d'aussi agreables & d'aussi spirituels que ceux des Spartiates ; mais on les laisse passer sans les arrêter, aprés qu'on y a pris quelque plaisir.

SINTARQUE.

Volusius n'étoit pas de cette humeur, il se faisoit une spirituelle volupté de retenir dans sa memoire ou par écrit tout ce qu'il entendoit dire, qui pût agréer dans la conversation, & sçavoit fort bien & fort à propos lui-même s'en servir. Souvent pour rendre plus agreable un impromptu fait par un Grec ou par un Romain du temps passé, il le mettoit dans la bouche d'un François de nôtre temps.

.PEDRE.

Martinian ufe avec fuccez de cet artifice pour plaire dans les compagnies où il fe trouve ; fes Hiftoires font toûjours ou de gens connus, où arrivées dans des lieux peu éloignez, & il fçait fi bien conferver la vraifemblance avec ce déguifement, qu'on y eft ordinairement trompé.

SINTARQUE.

L'enjouëment de Martinian contribuë beaucoup à le faire écouter avec plaifir ; la maniere de raconter plaît fouvent plus que ce que l'on raconte.

DIALOGUE LXXXI.

LELIE, MELANTIDE.

LELIE.

Quand me presterez-vous vôtre, nouvelle Relation du Voiage d'Espagne ?

MELANTIDE.

Je l'ai bien-tôt finie, j'en suis sur la fin du troisiéme Tome, ma derniere lecture fût terminée par un bon mot que j'y appris.

LELIE.

Vous me ferez plaisir de me le dire en attendant que je puisse avoir le Livre.

MELANTIDE.

Le voici. Le Duc de Bragance étant à la Cour de Philippe second, le Roi voulut qu'on le menât à l'Escurial pour voir ce superbe édifice, & comme celui qui avoit char

ge de le montrer lui eût dit qu'il
avoit été bâti pour accomplir le vœu
qu'avoit fait Philippe II. à la bataille de faint Quantin ; le Duc repartit fort fpirituellement: celui qui
faifoit un fi grand vœu devoit avoir
une tres grande peur.

L'ELIE.

Que dites vous de cette Relation
& des memoires d'Efpagne qui l'ont
precedée ?

MELANTIDE.

Ces cinq volumes ont fait un veritable divertiffement pour moi à la
campagne, où j'ai paffé quelque tems
avec des perfonnes d'efprit & de
tres bon goût. Ils font écrits tres
agéablement, & diverfifiez par un
mélange d'avantures, de coûtumes,
de portraits, & de remarques Hifto-
riques & Geographiques qui font
que l'on eft fort fâché quand on fe
trouve à la fin de l'Ouvrage.

LELIE.

Ces fortes de Livres font affez du goût des François..

MELANTIDE.

Ils font du goût des François & des autres qui ne veulent pas faire une étude ferieufe : chaque chofe à fon temps, il y a le temps d'étudier pour fe divertir l'efprit, il y à le temps d'étudier pour deve-nir fçavant. Les François font également propres pour l'une & pour l'autre étude, quelque chofe que l'on dife de l'inclination qu'ils ont pour le changement; nous vo'ons chez nous de grands hommes profonds dans les fciences les plus fpeculati-vés, auffi bien que chez les autres peuples qui femblent être d'un tem-perament plus propre à l'applica-tion. La vivacité des François les fait agir promptement, il eft vrai, mais avec la penetration que la vi-vacité leur donne, ils vont bien loin en peu de temps;

LELIE.

Comme nous fommes François ?
on ne nous en croira pas fur nôtre
parole.

MELANTIDE.

Leurs Ouvrages qui paroiffent
tous les jours fur toutes fortes
de fciences , & la facilité avec laquelle ils les produifent feront nôtre cau-
tion.

DIALOGUE LXXXII.

ORMENE, PYLANTE.

ORMENE.

ON fuit fi volontiers mes fentimens, que je puis me vanter de
diftribuer la gloire quand je parle en
faveur de quelqu'un.

PYLANTE.

Oüi, Ormene, vous la diftri-
buez fi genereufement cette gloire, que vous en gardez tres peu pour
vous.

ORMENE.

Ne m'eft-il pas fort glorieux de
faire entrer dans mes fentimens
ceux qui font les plus indetermi-
nez.

PYLANTE.

Si vous faifiez quelque reflexion
fur ceux qui fuivent vôtre mouve-

ment , vous connoîtriez que ce ne
font que de certaines perfonnes rou-
tes devoüées a vos volontés , parce qu'elles font dependantes de vôtre fortune ; & cette connoiffance
vous donneroit peut. être une plus
jufte opinion de vous. Les flateurs
vous gâtent extrémement. Depuis
que vous les écoutez , & que vous
vous laiffez en chanter par leurs
difcours , on ne remarque en vous
que de la fierté & de l'indignation
pour ceux que vous traitiez autrefois
comme vos égaux.

ORMENE.

Vous voudriez que je tombaffe
dans des familiaritez indignes de la
diftinction qu'on me donne dans le
monde.

PYLANTE.

Ces familiaritez ne font pas tant
indignes que vous le penfez. Eftre
doux, affable, complaifant, civil,
n'eft point indigne d'une perfonne diftinguée du commun , comme
vous pretendez l'eftre, & ce font là

les familiaritez dont je voudrois ,
pour vôtre bien , que vous fussiez
capable.

ORMENE.

Je craindrois de m'attirer du mépris avec ces manieres.

PYLANTE.

Vous vous attireriez de l'amour ,
de l'estime, des services ; au lieu que
par vôtre fierté qui vous fait me-
connoître à vous-même vous devenez l'objet de l'indignation & de la
haine de ceux qui sont obligez de
vous approcher. Si vôtre fierté étoit
naturelle , & fondée sur une naissance extrèmement distinguée , & sur
une charge de la premiere élévation ,
vous auriez quelque pretexte appa-
rent pour la justifier ; mais il n'y a
rien de tout cela en vous ; vôtre fierté est toute étudiée , vous êtes du
commun, vôtre emploi n'a rien de
bien extraordinaire , enfin vous êtes
un bon homme qui avez plus besoin
de la faveur que de l'indifference des
autres. Songez-y bien.

DIALOGUE LXXXIII.

ILDION, LYCIDONTE,

ILDION.

Quelqu'avantage que l'on puiſſe avoir, il ſe faut plaire avec les gens, ſi l'on veut leur être agreable.

LYCIDONTE.

Je ne m'étonne donc plus ſi Lillion ne peut ſouffrir ma compagnie; car la ſienne m'eſt ſi deſagreable, que je ne peux m'y plaire.

ILDION.

Quand on eſt avec un homme qui ne plaît pas, on a rarement aſſez de complaiſance, ou aſſez de douceur, & d'enjoüement pour lui plaire.

LYCIDONTE.

Il me ſera difficile d'aller juſques-là avec cet homme. Il a des manieres trop rebutantes, pour attendre des autres de l'enjouëment, de la douceur & de la complaisance.

ILDION.

Faites un effort sur vous, Lycidonte, pour opposer ces aimables qualitez à la fâcheuse humeur de Lillion, & soiez persuadé que vous ne vous en repentirez pas; vous pourrez ensuite plaire à tout le monde, aiant pû plaire à cet homme-là.

LYCIDONTE.

Plaire à tout le monde! sçavez-vous, Ildion, qu'il faut bien d'autres qualitez pour plaire à tout le monde? en voici trois principales.

Si quis in hoc mundo cunctis vult
gratus haberi,
Det, capiat, quarat, plurima,
pauca, nihil.

Donner beaucoup, recevoir peu de choses, & ne demander rien.

ILDION.

S'il ne faut encore que ces trois

qualitez, vous estes affez riche pour les mettre en pratique.

LYCIDONTE.

Il en faut une infinité d'autres, parce qu'il y a, pour ainfi dire, une infinité de fentimens differens.

ILDION.

Agiffez, comme fi vous pouviez plaire à tout le monde, vous parviendrez du moins à l'avantage de plaire à plufieurs.

DIALOGUE LXXXIV.

ALCIDAS, CORIDONTE.

ALCIDAS.

VOus lifez là un Livre qui ne vous convient gueres, à vous, dis-je, qui apparemment ne ferez jamais Evêque.

CORIDONTE.

J'y puife de temps en temps des Inftructions qui me font d'une grande utilité, quoique je fois dans un exercice bien different de celui de ce faint Atchevêque ; vous y en puiferiez auffi bien que moi, fi vous aimiez autant les bons Livres que vous aimez ceux qui traittent de bagatelles ; par exemple, quand je vous vois faire à la follicitation de vos Architectes de fi grandes dépenfes en bâtimens fuperflus, & en même-temps montrer tant de dureté & d'infenfibilité envers les pauvres, je me perfuade, que, quoique vous n'aiez pas de Benefices Ecclefiafti-ques, vous regarderiez comme un avis falutaire pour vous ce que je viens de lire. Le voici. Un Gentil-homme s'efforçant de perfuader à Dom Barthelemy des Martyrs de faire quelque nouveau bâtiment dans fon Palais, ce faint Prelat lui dit; en verité, Monfieur, vous me par- " donnerez bien, fi je vous dis que " ce que vous voulez me perfuader " eft pire que ce que le Demon pro- " pofoit à JESUS-CHRIST; car " il lui confeilloit de changer des " pierres en du pain qui auroit pû " nourrir les pauvres; & vous me " confeillez au contraire de chan- " ger en pierres le pain des pau- " vres.

ALCIDAS.

Si je n'emploiois mon argent à bâ-tir, j'en ferois peut-être un mauvais ufage.

CORIDONTE.

C'eft toûjours en faire un mauvais

uſage que de le conſumer tout ; ſans en ſecourir les miſerables.

ALCIDAS.

Ah , je vous prie , laiſſez aux Predicateurs le ſoin de me prê-cher.

CORIDONTE.

Ils auront beau prêcher : Quand on eſt une fois endurci pour les pau-vres , on eſt ſourd à tout ce qui par-le en leur faveur ; en effet , ſi la mi-ſere de ces affligez ne peut toucher par ſa preſence ceux qui en ſont les ſpectateurs ; comment des diſ-cours pourront-ils produire cet ef-fet ? Si vous reſiſtez à un pauvre qui frappe vos yeux par ſon état pitoiable & vos oreilles par ſes plain-tes & par ſes prieres , comment au-rez-vous aſſez de facilité pour vous laiſſer vaincre par des paroles , qui ne ſont accompagnées d'aucun touchant objet & que vous vous imaginerez s'adreſſer à une infinité d'autres auſſi bien qu'à vous ?

ALCIDAS.

ALCIDAS.

Il faut l'esperer de la grace de Dieu qui accompagne ces discours.

CORIDONTE.

N'avez-vous pas déja été excité par cette grace ?

ALCIDAS.

Elle a pour nous ses puissans & heureux momens.

CORIDONTE.

Mais les gens comme vous, lui opposent presque toûjours de funestes endurcissemens.

DIALOGVE LXXXV.

ELVIRE, DORISE.

ELVIRE.

FAites de vôtre Maison, ma chere Dorise, un asyle contre les
dissipations du monde, & de vôtre
cœur un asile contre les dissipations
de vôtre Maison.

DORISE.

Il est difficile de garder une telle
solitude.

ELVIRE.

Je ne dis pas que vous la gardiez
toûjours. Etant dans le monde, ou
dans sa famille, on est exposé à bien
des affaires differentes qui demandent
des actions & des sortiës. Mais je vous
conseille seulement de rentrer de
temps en temps en vous-même
pour examiner ce monde, & cette
Famille, & pour faire reflexion sur
vôtre conduite à leur égard.

DORISE.

J'avouë que le grand bruit du monde & la multitude de tant d'objets
differens qu'on y voit emporte &
embarasse de telle sorte , que l'on ne
peut pas avoir assez d'attention pour
l'étudier , ny par consequent pour le
connoître.

ELVIRE.

Il faut donc en sortir de temps en
temps pour avoir cette connoissance.
Mais'non seulement on ne connoît pas
le monde , on ne se connoît pas soi-
même. On y est tout occupé des choses exterieures , on n'a pas le temps
de se considerer pour se regler ; aussi
ne faut-il pas s'étonner si on y trouve tant d'imperfection : comment n'y
en trouveroit-on pas , puis qu'on
ne s'y donne pas le temps ni aucuns
des moiens necessaires pour bien sçavoir ce que c'est que la veritable
perfection , & encore moins pour
l'acquerir ?

DORISE.

On se trouve par les retours qu'on fait sur soi-même, si rempli de défauts que l'on évite autant qu'on peut ce miroir. Toutes ces reflexions que vous demandez, ne font point du tout de plaisir; parce que, ou elles nous font remarquer des défauts que nous ne croyions pas avoir, ou en font voir qu'il nous est tres difficile de détruire, ou rendent les plaisirs ridicules, ou les font paroître fragiles, ou font craindre des maux avenir, ou font regretter des biens perdus; enfin je trouve que plus on sçait raisonner ou refléchir, moins on est heureux.

ELVIRE.

Dites plûtôt, que plus on sçait reflechir & raisonner, plus on connoît en quoi consiste le veritable bien, & les moiens d'y parvenir.

DIALOGUE LXXXV

CORINNE, LISTIANNE.

CORINNE.

IL me semble que les sçavans se font souvent de bagatelles des affaires tres serieuses.

LISTIANNE.

Ce qu'un homme de bon sens decideroit en un quart-d'heure, demande de ces Messieurs, pour en estre decidé, des raisonnemens d'un moîs. Je lisois il y a quelques jours une Histoire sur ce sujet qui me donna beaucoup de plaisir.

CORINNE.

Dis-moi, je te prie, cette Histoire.

LISTIANNE.

Ne m'en priez pas ; car j'ai dû moins autant d'envie de la dire que vous de l'entendre. Ecoutez donc, la voici : des Philosophes disputans

N iij

un jour avec un ferieux Magiftral, pour
fçavoir d'où venoit que des Ambaffa-
deurs Indiens envoiez à Alexandre
avoient les cheveux blancs & la barbe noire ; un de ceux-ci qui n'y cher-
choit point tant de finefles leur dit ,
que c'étoit parce que leurs cheveux
étoient de vingt-ans plus vieux que
leur barbe. Je croi que fi, nous autres
femmes entrions dans ces écholes.
où fe font tant de difputes , nous
deciderions peut-être aufli à propos
que cet Indien fur les matieres
dont ces *grands* hommes fe font de
grands fujets de *grandes* differta-
tions.

CORINNE.

Je ne fçai pas ce qui en pourroit
être ; mais ce que je te puis dire,
c'eft que j'ai remarqué que, quand
la plûpart de ces fçavans fe trouvent
avec des femmes ils paroiflent fi étrangers & fi décontenancez , qu'ils excitent la raillerie de ceux qui les
voient ; il femble qu'ils n'oferoient
dire un mot ; peut-être craignent-ils
nos decifions.

LISTIANNE.

Ce font des ſçavans ſeulement de Cabinet , c'eſt pourquoi il eſt bon pour leur reputation qu'ils n'en ſortent point. La ſcience donne quelque merite ; mais il faut l'uſage du monde pour le cultiver & le rendre agréable. Ceux qui ſe contentent d'étudier & ſe rendre habiles ſans cet uſage , ſont des morts enſévelis dans de precieux tombeaux ; mais qui ne laiſſent pas , quand ils en ſortent , de faire beaucoup de peur aux vivans.

CORINNE.

Si ces ſçavans nous entendoient parler de la ſorte , nous leur ferions pitié ; car ils nous mépriſent autant qu'ils ont bonne eſtime d'eux-mêmes.

N iiij

DIALOGUE LXXXVII.

FURIANTOR, ALVAR.

FURIANTOR.

J'Ai trop de courage , pour daigner apprendre à danser.

ALVAR.

Je ne voids point pourquoi vous voulez que le courage soit incompatible avec la danse.

FURIANTOR.

C'est qu'un Maître à danser quand il lui plaît de vous l'ordonner, vous fait reculer deux pas en arriere.

ALVAR.

De bonne foi , Furiantor , vous me faites pitié avec vôtre raisonnement de *Matamore*. Ne vous déferez-vous jamais de vos rodomontades ?

FURIANTOR.

Appellez-vous Rodomontades des paroles qui marquent de la fermeté dans les choses les plus indifferentes ?

ALVAR.

Hé ! faites plus que vous ne dites ; & je ne vous appellerai pas Rodomont ; allez vous mirer dans les visionnaires de Desmarets, vous y trouverez vôtre portrait dans la personne du Capitan Artabase ; il pretendoit intimider tous les hommes ; & un miserable Poëte le fait trembler de peur, seulement en prononçant quelques expressions Poëtiques. Si vous êtes si vaillant, allez soûtenir les interests de nôtre Prince que vous voiez attaqué par tant d'ennemis jaloux de sa gloire, & ne vous amusez pas à traîner inutilement une épée dans les ruës, ou a nous en piquer les jambes, lorsque nous nous trouvons dans quelque presse avec vous. Si l'on n'avoit permission de porter l'épée qu'aprés avoir fait deux

N v

campagnes, & aprés avoir regardé
un peu de prés la bouche d'un Ca-
non, nous ne trouverions point tant
de Breteurs faineans & vagabons,
dont le seul métier est de siffler à une
Comedie, de regarder une femme
sous le nez aux troisiémes Loges de
l'Opera, de jurer & blasphemer par
galanterie, de dire mille paroles sales
qui sont rougir les personnes modestes,
de badiner avec une tabatiere, de
boire & reboire pendant la plus
grande partie de leur vie, ou d'in-
sulter avec impudence les plus honnêtes gens.

FURIANTOR.

Vous n'avez pas dessein, à ce que je
voids, de faire mon éloge.

ALVAR.

Si vous êtes aussi brave que vous
le dites, meritez cet éloge que je vous
refuse par quelque action proportio-
née à vos discours : Nos frontieres
vous en offrent assez d'occasions.

DIALOGVE LXXXVIII.

NERIANDRE, SILONTE.

NERIANDRE.

LEs contes plaifans vous divertif-
fent extrémement, à ce que je
voids, Silonte.

SILONTE.

Il eſt vrai que j'aime fort à en entendre, mais je n'aime pas moins à
en faite, &

Je puis bien me vanter d'en ſçavoir
de fort bons

Sur toutes ſortes de matieres ;

Il ne faut point longues prieres

Afin de m'obliger d'en dire de bouf-
fons ;

Mais prenant plaiſir à les dire,

Il eſt fort aiſé de juger

N vj

Que l'on me fait bien enrager ;

Quand on les écoute, sans rire.

Monsieur le pais.

NERIANDRE.

Vous vous exposerez à ce chagrin toutes les fois qu'avant que de les raconter, vous assurerez à ceux qui les écouteront que vous les allez faire rire ; parce qu'en faisant cette Preface à vos contes, vous semblez vouloir ôter à ceux qui vous écoutent la liberté de ne pas rire ; cette gehenne les rend de mauvaise humeur contre le conteur & le frustre de ce qu'il souhaitte.

SILONTE.

Je le dis dis quelquefois pour me procurer plus d'attention.

NERIANDRE.

On vous donne aussi quelquefois plus d'attention que vous n'en demandez ; car on prend soin d'examiner avec application, si ce que vous allez dire, est aussi enjoüé que

vous le promettez; & de même que
la presence diminuë la reputation,
aussi un conte raconté ne répond pas
ordinairement à l'Idée que vous en
avez donnée en assûrant qu'il seroit
fort agréable. Pour plaire dans la
conversation il faut beaucoup ménager les esprits, & pour les bien menager il faut les bien connoître. Ce
n'est pas assez de dire de jolies choses, il faut afin qu'elles soient bien
reçeuës, que ceux qui les écoutent
soient d'humeur à les trouver jolies.

SILONTE.

Les hommes ne devroient-ils pas
toûjours trouver agreable c qui l'est
veritablement ?

NERIANDRE.

Les hommes devroient trouver
toûjours vos Histoires agreables,
donc ils les trouverront agréables;
Fausse consequence. Hé ! est-ce que
les hommes font toûjours ce qu'ils
devroient faire ? C'est se tromper
que de pretendre leur plaire en se
conformant à ce qu'ils doivent estre;

on agit plus à coup fur en fe conformant à ce qu'ils font.

SILONTE.

Vous faites des reflexions bien fe-
rieufes à propos de contes & de plaifanteries.

NERIANDRE.

Ces reflexions font à mille autres
ufages dans la vie civile. Les grandes
chofes font fouvent fondées fur les
mêmes principes & fe conduifent par
les mêmes regles que les petites.

DIALOGVE LXXXIX.

RISTIAX, DONAMIRE.

RISTIAX.

JE suis fort indeterminé sur l'état que je dois embrasser.

DONAMIRE.

Examinez vos richesses, & ensuite prenez vôtre resolution selon la quantité que vous en aurez.

RISTIAX.

Croiez-vous que ce soit assez ?

DONAMIRE.

Que vous importe que je le croie, puisque presque tous le monde le croit ainsi ; n'est-ce pas à present le plus ou le moins d'écus qui déterminent à l'Eglise, à la robe, ou à l'épée ? Je ne connois presque point d'autre vocation. On ne se met pas en peine de se rendre digne de l'état qu'on embraſſe, on ſe contente de l'achepter; l'habileté viendra ap: ès ſi elle peut.

RISTIAX.

Je ne crois pas que cette conduite ſoit glorieuſe à celui qui la garde.

DONAMIRE.

Oh ! il ne faut pas que vous vous imaginiez, que, ſi on n'eſt pas veritablement habile, on ne veüille pas du moins le paroître. On a extrémement ſoin de s'orner des apparences, & avec ces apparences on ménage ſa reputation.

RISTIAX.

Comment pouvoir paroître habile, ſi on ne l'eſt pas ?

DONAMIRE.

Avec de l'argent on paroît tout ce qu'on veut paroître. Vous vous ferez paſſer pour homme d'eſprit, pour un ſçavant éclairé, pour un Juge d'une integrité parfaite, pour un

Magiſtrat d'une probité ſans exemple, & pour un genie dont l'étenduë n'a point de bornes, en ſçachant adroitement faire des liberalités à des gens qui ſçavent l'art de faire valoir par leur eloquence les ſujets les moins conſiderables.

R I S T I A X.

Mais les croit-on ?

D O N A M I R E.

Bien d'autres gens prevenus pa les mêmes liberalitez qu'ils attendent ou qu'ils ont reçeuës, les croient par prevention & les font croire encore à d'autres par reconnoiſſance.

R I S T I A X.

Il eſt donc de la prudence de ceux qui ſont dans l'elevation ſans un merite qui y ſoit proportionné, de ſe faire des amis de ces ſortes de ſçavans.

D O N A M I R E.

Ils ne ſont pas à negliger. Si l'on

voit de grands hommes qui les ménagent , que ne doivent pas faire
ceux qui étant tres-petits se trouvent dans des postes élevez où ils sont
exposez à la veuë d'une infinité de
gens qui les examinent ?

RISTIAX.

Cet examen me fait trembler de
peur.

DONAMIRE.

Faites-vous un merite digne de l'é-
tat que vous embrasserez , & cet
examen vous donnera plus de joie que
de crainte.

DIALOGUE XC.

ARRIAN, HERMINION.

ARRIAN.

N Eſt-il pas vrai que depuis que vous êtes dans la glorieuſe place où la fortune vous a mis, vous vous imaginez que tout le monde n'eſt occupé que de vous?

HERMINION.

Il eſt vrai que j'ai cette penſée, & que quelques efforts que je faſſe par mes reflexions pour la chaſſer, elle me revient toûjours dans l'eſprit.

ARRIAN.

Nous avons beau connoître nôtre petiteſſe, nous nous meſurons toûjours ſur ce qui eſt autour de nous; ſi nous poſſedons de grandes terres, ſi nous avons de grandes Maiſons, de grands emplois, un

grand nombre de Domeſtiques ; nous
nous croions auſſi veritablement
grands , quoique nous faſſions une
partie tres petite, & , pour ainſi dire, preſqu'imperceptible de ce que
nous appellons nôtre grandeur. Pour
nous bien connoître , conſiderons
le monde aprés que nous en ſerons
ſortis ; nous le verrons en general ſans aucun reſſentiment de nôtre perte, tant de gens ſe trouverront pour remplir nôtre place , qu'il
n'aura aucun ſujet de nous regretter.

HERMINION.

Il eſt vrai que nôtre inutilité devroit beaucoup rabattre de nôtre
orgueil. Mais il eſt vrai auſſi que
la maniere avec laquelle on ſe conduit à nôtre égard, quand nous ſommes grands Seigneurs , nous donne
tant ſujet de croire que nous ſôm-
mes quelque choſe de fort conſiderable , qu'il eſt difficile que nous
ſoions perſuadez de cette inutilité.
Pendant que tout le monde nous
favoriſe , comment pourrions nous

prendre parti contre nous mêmes en
nous croïant, par nôtre reflexion
sur cette même inutilité, indignes
de cette faveur?

ARRIAN.

Si l'on ne remarquoit que nous
voulons passer pour estre quelque
chose de fort considerable, on ne
se donneroit pas la peine de nous
prouver que nous le sommes. Nous
sommes nous-mêmes nos premiers
flatteurs.

HERMINION.

Comme il nous est fort naturel de
nous aimer, il nous doit estre aussi
fort naturel de nous flatter & de
voulоir estre flattez.

ARRIAN.

Et par consequent il nous est fort
naturel de nous tromper & de vouloir estre trompez.

HERMINION.

Pourveu que l'amour propre trouve fon compte, il ne fe foucie pas de quelle maniere. Comme il eft la fource de toutes les paffions les plus déreglées, il ne faut pas attendre de lui beaucoup d'ordre & de raifon.

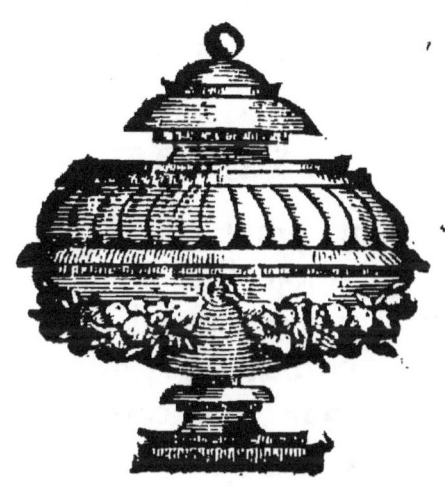

DIALOGVE XCI.

BERALDE, CLISTION.

BERALDE.

QUand nous soûtenons qu'un homme ment, dit Montagne, c'est comme si nous disions qu'il fait le brave envers Dieu, & le poltron envers les hommes. En effet il témoigne par son mensonge qu'il craint plus les hommes que Dieu.

CLISTION.

Je n'avois point encore fait une grande attention sur la raison qui me portoit à avoir une si forte aversion pour les menteurs; mais à present je connois que cette aversion vient de la même source que celle que nous avons pour les lâches & pour les impies, puisqu'on trouve dans le mensonge non seulement la lâcheté à cause de la crainte que le

menteur a des hommes, mais encore
l'impieté à caufe du mépris que le
même menteur fait de Dieu en ne
fe fouciant point qu'il foit témoin
de fa faute, pourveu qu'il n'ait rien
à craindre des hommes.

BER AL DE.

Vous me faites un plaifir de m'apprendre que vous avez une fi forte
averfion pour le menfonge, parce
que j'efpere que vous infinuerez cette même averfion dans l'efprit de
vôtre fils ; comme vous voulez le
pouffer dans le plus confiderable
commerce de la focieté civile, vous
ne pouvez trop l'exciter à être homme droit & de bonne foi ; & lui montrer par les exemples qui fe pre-
fenteront tous les jours à fes yeux,
que les menteurs y font infupportables, qu'on ne fçait quelles me-
fures prendre avec eux, parce qu'on
ne peut furement compter fur leurs
paroles & fur leurs promeffes, qu'ils
font les objets continuels de la défiance de ceux qui les f equentent,
qu'on les regarde comme des hom-
n.es

mes doubles, avec qui il femble que pour fa fureté on devroit avoir auffi des manieres d'agir doubles & en même temps des fentimens contraires ; Enfin que le menteur eft expofé à deux maux ordinairement inévitables pour lui, fçavoir, à ne point croire, & à n'eftre point crû.

CLISTION.

J'avouë que ce font là les effets ordinaires que produit le menfonge, mais je ne puis auffi m'empêcher de dire que le déguifement eft fi univerfel dans le monde, qu'il femble que la fincerité n'y peut trouver fon compte ; il femble, dis-je, que les raifons que l'on a, par l'experience continuelle, de fe défier des apparences, juftifient en quelque façon ceux dont les paroles ne fe rapportent pas aux penfées.

BERALDE.

De même qu'un defordre general ne peut juftifier les particuliers

Q

qui font dans le déreglement , auffi le deguifement univerfel ne juftifie point ceux qui trahiffent la verité par des menfonges.

DIALOGVE XCII.

AURIDON, PRISTANIRE.

AURIDON.

L Icidas m'entretint hier le plus agreablement du monde fur le mépris des richeffes , il puifa dans la Morale tout ce qu'il y a de plus beau & de plus convainquant con- tre les biens de ce monde & enfuite finit fon difcours par ces vers

> En vain fur l'or & fur les pier-
> reries
>
> On fe répaift de riches rêveries,
>
> On brille en vain de foye & de
> clinquans ,
>
> Les foins & les foucis n'en font pas
> moins piquans.

Les lingots du Perou, les perles de
Mexique

Ne peuvent rien contre la sciatique ;

Et le parchemain d'un Brevet

Le Duc & Pair sur le chevet,

De quelque ambition qu'une tête soit
plaine,

Ne guerit point de la migraine.

PRISTANIRE.

Hé bien sortistes vous de cette conversation convaincu du mépris qu'il
vouloit vous persuader ?

AURIDON.

Comment ne le serois - je pas,
puisque je n'ai rien à répondre à ses
raisons ?

PRISTANIRE.

Vous vous souciez donc à present si peu des grandes richesses que
vous possedez, que vous êtes prest à
vous en défaire.

AURIDON.

Oh c'est autre chose. Je les mépri-
serai tant que l'on voudra , pourveu que je les possede. Il ne m'en
coûte rien pour les méprifer ; mais
il m'en coûteroit beaucoup pour
m'en défaire ; en les méprifant je
ne laisse pas de m'en servir pour les
aifes & pour les commoditez de la
vie ; mais en les quittant , je per-
drois ces mêmes aifes & ce mêmes
commoditez.

PRISTANIRE.

Voila ce qui s'appelle parler de
bonne foi. N'est-il pas vrai qu'il
y a bien de la difference entre perfuader l'efprit , & toucher le cœur ,
& que nos paffions engagent tous
les jours celui-ci à fuivre un parti
contraire aux fentimens de celui-
là ?

AURIDON.

Il est vrai que je trouve l'homme
fi contraire à lui-même , que je ne le
comprens pas bien. Par exemple ,

autrefois j'aimois éperduëment une personne qui me méprisoit , mon esprit me reprochoit tous les jours ma lâcheté par les reflexions que je lui permettois de faire , & cepen- dant dans le même temps que je me disois à moi même , que j'estois lâ- che & ridicule de m'attacher à une personne à qui je n'étois qu'un objet de mépris , j'allois la chercher , & lui prouver par toutes sortes de baf- sesses la violence de mon amour. Ne pourriez-vous point me dire com- ment tout cela se peut faire ?

PRISTANIRE.

Si vous , qui vous devez mieux connoître vous - même que je ne vous connois , ne pouvez pas le comprendre , comment pourrois- je le comprendre mieux que vous ?

AURIDON.

Si je le demandois à Aristar- que , il m'en diroit aussi-tôt la rai- son.

O iij

PRISTANIRE.

Et avec fa raifon vous reconnoî-
triez que vous feriez auffi peu inftruit que vous l'eftes à prefent, fi
vous vouliez prendre la peine d'examiner le raifonnement qu'il vous feroit. Quelque chofe que l'on dife
fur la difficulté que l'homme trouve
à fe bien conduire, il me femble qu'il
lui eft plus facile de fe bien regler, que
de fe bien connoître.

DIALOGUE XCIII.

ALCANDOR, DORAMONTE

ALCANDOR.

LEs Palmes & les Lauriers se flétrissent bien-tôt, Doramon-te, s'ils ne prennent racine dans la main qui les cueille. Croiez-moi, vous tirerez plus de g'oire des belles actions que vous ferez vous même, que de celle de vos ancêtres.

DORAMONTE.

On seroit bien injuste, si mes Ancêtres aiant rendu tant de services à leur patrie, on bornoit leur gloire dans leur personne.

ALCANDOR.

Si on la borne dans leur personne, on ne la borne pas par le temps qu'ils ont vécu, puisqu'on en conserve encore la mémoire avec estime & avec admiration.

DORAMONTE.

Puisque je suis de leur sang , doit-
on me refuser une part à cette
gloire ?

ALCANDOR.

On doit avoüer que ce sang qui
coule dans vos veines , a coulé autrefois dans les veines de ces grands
hommes qui ont donné des preuves
& des marques de leur courage &
de leur vertu ; c'est tout ce qu'on
peut vous accorder ; & il me paroît
que c'est-là si peu de chose pour
vous , que je n'y trouve pas le
moindre raion de gloire à vôtre a-
vantage; au contraire , si vous n'estes
un canal digne de cet illustre sang ,
il vous couvre de confusion & de honte , par la comparaison qu'on fait de
vous avec ceux qui l'ont annobli.
C'est une grande affaire que d'avoir
une Noblesse de naissance à soûtenir dignement ; on ne s'acquitte pas
de ce devoir avec un gros équipage , de grands Palais , des meubles
magnifiques, avec une fastueuse fier-

té ; tout cela peut impoſer aux yeux
du vulgaire qui ſe laiſſe ébloüir aiſé-
ment ; mais ceux qui ont la veuë
plus forte percent ces apparences
trompeuſes, penetrent juſques à l'interieur de ceux qui en ſont couverts,
examinent leur conduite, font attention ſur leurs actions & ſur leurs paroles, entrent dans leurs intentions,
& les mépriſent ſecretement, quelque grands qu'ils ſoient, s'ils n'y
trouvent une vertu ſolide, un courage
prudent, une droiture inviolable,
une ſage conduite, une moderation
qui ne ſoit ébranlée par aucun excez,
& une veritable generoſité.

DIALOGVE XCIV.

ARIMOND. ROSIDOR.

ARIMOND.

Quelque riche que vous foiez, ne negligez pas les fciences ; elles ont toûjours quelque utilité par elles-mêmes , elles ne peuvent nuire que par le mauvais ufage que ceux qui les poffedent en peuvent faire.

ROSIDOR.

Avec de l'argent on ne manque de rien : Et avec les fciences feules on a bien de la peine à acquerir l'utile , le commode , pour ne pas dire , le neceffaire.

ARIMOND.

Je ne veux point difputer avec vous fur ces propofitions ; mais paffez-moi , je vous prie, celle-ci ; c'eft qu'il eft bien avantageux de pou-

voir joindre l'un avec l'autre , eftre
également fçavant & riche ; vous le
pouvez : ne negligez donc pas cette
utilité. Le Pape Jules fecond difoit
que les fciences font de l'argent aux
roturiers , de l'or aux Nobles , &
des perles aux Princes ; c'eft à dire ,
qu'elles font gagner la vie aux Roturiers , enrichiffent les Nobles , &
ornent les perfonnes de la premiere
qualité ; fi j'eftois d'humeur à vous
pouffer fur cette matiere , je pourrois
vous rapporter ici bien des exemples de Princes , & de Rois , & de
perfonnes tres riches , qui ont culti-
vé les fciences comme des Trefors
également utiles & neceffaires pour
la vie ; mais vôtre attention fur ce
qui fe paffe tous les jours dans la vie
civile , fera plus d'impreffion fur
vous que toutes les Hiftoires du
monde.

ROSIDOR.

Ces fciences ont des racines bien
ameres.

O vij

A RIMOND.

Mais auſſi les fruits en ſont bien doux. Et , à vous dire le vrai, la plus grande amertume de leurs racines eſt pour les enfans & pour tous les autres qui s'y appliquent malgré eux : ceux qui les étudient ſans eſtre forcez, y découvrent tous les jours de certains plaiſirs ſpirituels, qui recompenſent agreablement l'attention qu'elles exigent.

DIALOGVE XCV.

XIPHAS, ARISTOMENE,

XIPHAS.

CE n'eſt pas aſſez d'avoir du merite, il faut le faire connoître :
vous vous tenez trop renfermé chez
vous, Ariſtomene ; ſoiez perſuadé
que la faveur ne prendra pas la
peine de vous aller chercher au coin
de vôtre feu ; ce n'eſt pas aſſez d'ê-
tre habile, il faut prouver qu'on
peut être de quelque utilité, il faut
rendre mille ſervices inutiles, pour en
faire réüſſir un bon ; l'aſſiduité fait
plus que les ſervices mêmes, il eſt
neceſſaire de ſe montrer très-ſouvent,
pour trouver le moment de recevoir
la fortune. Enfin les revolutions qui
ſe font dans le monde vous apprennent par ſon inegalité qu'on n'y
réüſſit pas toûjours avec une conduite uniforme, il y faut tantôt
de l'action, tantôt de la ſpeculation,

tantôt estre solitaire, tantôt estre homme de compagnie.

ARISTOMENE.

Je me trouve si petit quand je parois auprés des Grands pour leur faire ma cour, que j'ai honte de moi-même.

XIPHAS.

Vôtre honte est ridicule, parcequ'elle est sans raison. Il n'y a que le crime qui doit donner de la confusion. Soiez vertueux, & quand vous serez en presence des Grands & en une posture humiliée, rentrez dans vous-même, vous trouverez dans la bonté de vôtre ame dequoi vous consoler de vôtre mauvaise fortune. Ce n'est pas cette grandeur exterieure & éblouïssante qui rend estimable; elle ne fait tout au plus qu'intimider, & forcer à des apparences respectueuses ceux qu'elle voit à ses pieds.

ARISTOMENE.

Le grand bruit qui accompagne les Grands, l'éclat qui les environne, les

differens mouvemens qu'on voit faire pour leur plaire , tout cela s'op-
pofe aux reflexions que vous me confeillez.

XIPHAS.

Il eft vrai que les ames vulgaires
qui ne fçavent pas s'élever au deffus
des objets qui frappent les fens, font
incapables de penetrer les apparences vaines , & trompeufes de la grandeur ; mais pour vous , Ariftomene ,
qui avez le difcernement fi jufte , &
la penetration fi vive , il ne vous fera
pas difficile de fuivre mon avis.

ARISTOMENE.

Quelques reflexions que je fois
capable de faire , j'ai ma foibleffe
auffi bien que les autres. Je dis , fi
vous voulez , les plus belles chofes
du monde fur le méptis de la grandeur & des richeffes ; mais quand
je fuis auprés des Grands & des riches , je trouve leur état fi élevé
au deffus du mien & accompagné de
tant de biens qui s'accommodent
aux inclinations naturelles du cœur

de l'homme, que ma volonté me porte à defirer d'eftre riche & grand ,
en même temps que mes reflexions
me perfuadent que je ne me dois pas
foucier d'eftre petit & pauvre. Du
moins je voudrois me convaincre par
pratique de ce que ma Theorie me
perfuade. C'eft-à-dire que je voudrois eftre grand & riche pendant
quelque temps , pour voir fi la grandeur & les richeffes font auffi méprifables que je le penfe.

XIPHAS.

Cette pratique feroit bien dange-
reufe pour vôtre Theorie.

DIALOGVE XCVI.

PHILANDRE, OCTAVE.

PHILANDRE.

ON dit qu'Ariftote, pour cacher fes fentimens a fait comme un poiffon nommé feiche, qui à la faveur d'une encre qu'il jette, fe fauve des pourfuites des pefcheurs ; c'eſt-à-dire, qu'il a couvert fes écrits de tant d'obfcurité, qu'on a bien de la peine à découvrir fes veritables opinions. Il me paroît, Octave, que vous gardez la même conduite dans vos ouvrages.

OCTAVE.

J'ai mes raifons pour agir de la forte.

PHILANDRE.

Quelques raifons que vous aiez, convenez avec un habile homme de nôtre fiecle, qu'il faut que les difcours foient comme un ruifleau, qui par

la pureté de ſes eaux faſſe voir tout
ce qu'il renferme dans ſon ſein. Vous
direz peut-eſtre , que c'eſt un ca-
raƈtere plus important d'enve'opper
ſes penſées , & de les environner
d'épines , afin qu'elles ſoient moins
acceſſibles ; qu'une pompeuſe obſcurité attire quelquefois plus de vene-
ration à celui de qui l'on ne ſçait
pas juſqu'où va ſon eſprit, que ne fait
la connoiſſance entiere de ce qu'il
eſt ; Qu'un habile homme doit ſe
menager ſi bien , que perſonne ne
le voie tout entier ; parce que tant
que perſonne ne voit le fond de ſa
capacité , ſa profondeur inconnuë
le fait reſpeƈter ; Que c'eſt comme
une riviere que perſonne ne ſe ha-
zarde de paſſer à gué, tant que l'on
n'en void pas le fond ; enfin que ſi
l'on n'eſt pas infini, il faut du moins
le paroître , & que par cette induſtrie
le peu paroît beaucoup. Tout ce
raiſonnement ne peut avoir un utile
uſage que dans le monde, où il peut-
eſtre permis de ne ſe montrer qu'à
demy. Mais pour les Livres , ils ne
ſe font que pour communiquer nos

ſentimens ; & ſi l'on a deſſein de ſe
cacher, le ſilence le fera mieux que
ces reſerves myſterieuſes. Si Platon,
Ariſtote & d'autres anciens ont été
obſcurs , leur reputation n'y perd
rien, parce que (comme on a fort
bien remarqué) heureuſement pour
eux , ils ont une infinité d'interpretes qui s'étudient à trouver par
tout dans leurs Ouvrages un beau
ſens , auquel ils ne ſongeoient peut-
être pas eux-mêmes ; & que ſouvent ils ſont admirez par ceux-mê-
mes qui ne les entendent pas. Il
n'en eſt pas de même des modernes ,
dont on ne ſe donne pas la peine
de débroüiller les penſées , parce
que la jalouſie qui ſe trouve entre
les vivans , fait qu'on les laiſſe volontiers dans l'obſcurité qu'ils ont
affectée.

OCTAVE.

Vous n'avez point touché dans
tout ce que vous venez de dire ce
qui m'engage à être obſcur. Le voic'.
Vous ſçavez que je fais profeſſion
d'enſeigner la ſcience ſur laquelle je

viens de donner le Livre où vous trouvez de l'obscurité. Comme cette obscurité n'est pas si universelle, qu'il ne s'y rencontre plusieurs bonnes choses tres-intelligibles ; je pretends que , ce que l'on comprendra facilelement faisant plaisir & donnant de la curiosité pour bien entendre ce qui est obscur , on viendra à moi pour satisfaire à cette curiosité, & que par ce moien j'aurai plus d'écholiers & ainsi plus de profit ; car ne subsistant que par la profession que je fais d'enseigner cette science , il me semble que je puis legitimement me servir de quelques innocens artifices pour mettre le public à la raison.

PHILANDRE.

Octave , si l'on vous trouve obscur dans vos Ouvrages , on croira que vous ne le serez pas moins dans la conversation , & dans l'explication de ce que vous enseignez ; car on se persuade que ce qu'on donne au public , est ce qu'on peut faire de plus parfait : on se trompe peut-être ; mais on se trompera toûjours en cela , & les Autheurs qui affecteront d'être obscurs, seront aussi toûjours trompez dans leurs pretentions.

DIALOGVE XCVII.

POLICLESTE, ELPINICE.

POLICLESTE.

JE ne comprens pas bien ce bon mot qu'on attribuë à Monsieur Pascal , c'est quand il disoit , je " vous demande pardon , si ma Let- " tre est si longue ; je n'ai pas eû " le temps de la faire plus courte. "

ELPINICE.

C'est que vous n'avez pas voulu faire un peu d'attention pour le comprendre. Vous étes vif , & les gens de vôtre temperamment passent volontiers par dessus tout ce qui exige quelque application ; ils veulent comprendre d'une premiere veuë. Voici ce que veut dire Monsieur Pascal ;

il pretend (& avec raison) qu'il
faut beaucoup plus d'Art & de travail pour resserrer un discours, que
pour l'étendre. L'esprit se trouve
bien gêné, quand on lui donne des
bornes, il demande naturellement à
s'étendre, parce que dans une grande étenduë, il trouve plus de diver-
sité. Les défauts mêmes ne s'y font
pas si bien remarquer. Les irregula-
ritez d'un dessein reduit en petit sur
le papier frappent bien plûtôt, & se
font bien mieux reconnoître, que ceux
du même dessein tracé sur une grande étenduë de terrain.

POLICLESTE.

Monsieur Pascal me paroît dans
ses Ouvrages un homme bien propre
à dire beaucoup de bonnes choses en
peu de mots; l'échantillon de ce qu'il
pouvoit faire & que nous avons dans
ses pensées, marque assez cette capacité; un seul de ces morceaux détachez
fournit de belles matieres.

ELPINICE.

Comment se peut-il faire que vous parliez si hardiment de ses Ouvrages, vous qui venez de me dire que vous ne compreniez pas son bon mot sur sa longue Lettre. Il me semble que plusieurs de ses pensées demandent trop d'application pour vous.

POLICLISTE.

Je trouve fort beau ce que j'ai compris, & je me persuade que ce que je n'ai pas entendu est encore plus excellent.

ELPINICE.

Les Autheurs sont bien-heureux, quand ils trouvent des Lecteurs qui vous ressemblent.

POLICLESTE.

Oüi ceux qui ont déja de la

reputation ; car pensez - vous que j'aurois des sentimens si favorables pour Monsieur Pascal , si on ne m'avoit dit qu'il est admirable ? Quand on est prevenu en faveur d'un Autheur , par des gens en qui on a de la confiance , on a fait plus de la moitié du chemin pour l'esti-mer , & on ne manque pas de faire le reste , quand on le lit.

DIALOGUE

DIALOGUE XCVIII.

ALCIDAS, FLORAME.

ALCIDAS.

Quoi, Florame toûjours triste !

FLORAME.

Florame est toûjours triste, parce qu'il est toûjours amoureux, mon cher Alcidas.

ALCIDAS.

Si j'étois à la place de Florame, je ne serois plus amoureux, afin de n'être plus triste.

FLORAME.

Helas ! cela dépend-il de moi ?

ALCIDAS.

Ne dépend-il pas de vous de faire l'usage de vôtre raison ?

P.

FLORAME.

Ah qu'avec peu d'effet on entend la
  raison ,

Quand le cœur est atteint d'un si char-
  mant poison ,

Et lorsque le malade aime sa maladie,

Qu'il a peine à souffrir que l'on y
  remedie !

ALCIDAS.

C'est à dire, que vous ne voulez
écouter que vôtre passion.

FLORAME.

Mais quand je voudrois écouter ma
raison que me diroit elle ?

ALCIDAS.

Franchement autant que j'en puis
juger par vos manieres d'agir , je
me persuade qu'elle ne vous diroit
que des choses , qui , selon vous , seroient incroiables & impossibles.

FLORAME.

Elle mediroit, que c'est être ennemi de moi même que de m'aban-

donner à une paſſion qui m'ôte le
repos, qui me rend inſupportable
a mes amis, par mes chagrins, par
mon humeur ſombre, par mes inquietudes, & qui me met hors d'é-
tat de remplir les devoirs auſquels
ma condition m'engage ; je ſçai
tout cela, je le connois ; j'en ſuis au
deſeſpoir, mais je n'y vois point de
remede.

ALCIDAS.

N'aimez point, ou aimez plus tranquillement.

FLORAME.

Que j'aime tranquillement! quoi
en aimant, je n'aurai point de chagrin, lorſque je ne vois pas celle que
j'aime ? Je ne ſerai point allarmé,
quand je croirai remarquer en e le
quelque preſage de changement ? je
ne me plaindrai point, ſi elle témoigne s'ennuier en ma preſence ? Je ne ſerai point tourmenté de
jalouſie, quand je m'imaginerai qu'elle en aime un autre plus que
moi ? Etant éloigné d'elle, je pour-

rai parler aux uns & aux autres
pendant, que mon efprit tachera de
deviner par fes Reflexions ce qu'elle fait , ce qu'elle dit , même ce
qu'elle penfe ? cela ne fe peut.

ALCIDAS.

Puifqu'on ne peut aimer tranquillement, n'aimez donc point.

FLORAME.

Autre impoffibilité.

ALCIDAS.

C'eft pour vous flatter dans vôtre paffion , que vous vous perfuadez qu'il vous eft impoffible de vous
en défaire.

FLORAME.

Je fuis perfuadé de cette impoffibilité , parceque, quelques efforts que
je faffe , je ne puis ne pas aimer.

ALCIDAS.

Dites-moi , je vous prie , quels
font ces efforts ?

FLORAME.

Il m'eft difficile de vous les bien exprimer.

ALCIDAS.

Hé bien pour vous foulager de cette peine , je vais vous les exprimer moi-même. Voila , Florame , ce que vous faites pour rompre les chaînes de vôtre amour : vous vous dites bien des fois à vous-même , *que je fuis malheureux ! ne pourrai- je jamais retrouver ma liberté ? que j'aurois de plaifirs, fi j'étois libre !* Voila ce que difent tous les jours ceux qui font, les fers aux pieds & aux mains , dans les prifons ; on en voit peu , qui fe mettent en état de faire des bréches aux murailles , ou de rompre les portes pour s'é- chaper du lieu qui fait le fujet de leurs laintes.

FLORAME.

Je ne fais pas de plus grands efforts, parce que je les crois inutils.

ALCIDAS.

Voilà la plus grande impossibilité qui s'oppose à vôtre guerison ; vous estes malade , & ce qu'il y a de plus fâcheux dans vôtre maladie , c'est que vous ne pensez pas qu'il vous soit possible de vous guerir : vous aimez même , quelque chose que vous disiez , à rester dans cet état ; vous estes peut estre du nombre de ceux qui quand on leur veut faire connoître les peines que donne l'amour , disent.

Tous les autres plaisirs ne valent pas ses peines.

Je ne m'étonne plus si vous ne prenez pas les moiens necessaires pour vous défaire de vôtre passion. Vous vous estes rendu justice quand vous avez dit,

Et lorsque le malade aime sa maladie :

Qu'il à peine à souffrir que l'on y remedie !

FLORAME.

Ah ! Alcidas, si vous étiez en ma place vous avoüeriez avec moi,

Que l'on ne peut jamais, aiant connu Sylvie,

Ny la voir sans l'aimer, ny l'aimer sans mourir.

ALCIDAS.

Vous voici au point, où je vous attendois. Oui, je veux bien avec vous qu'on ne puisse aimer Silvie sans mourir, sans avoir mille inquietudes qui font plus souffrir que la mort, quoi qu'à vous dire le vrai, la proposition soit beaucoup problematique ; mais n'importe, je vous la passe, parce qu'il ne s'agit pas de cela à present. Je conviens encore que vous ne pouvez la voir sans l'aimer, & c'est dans ces derniers mots que je trouve le moien de ne l'aimer plus.

FLORAME.

Je ne le connois point ce moien.

ALCIDAS.

Oh *!* je le connois bien moi, parce que je n'ai point de paſſion qui
me trouble la veuë : vous ne pouvez,
dites-vous , voir Silvie ſans l'aimer ; ne la voiez donc plus & vous
n'aurez plus d'amour : s'il eſt vrai
que l'on ne peut voir un objet ſans
l'aimer , il eſt auſſi tres-vrai , qu'on
ne peut long temps aimer un objet
ſans le voir : de tous les conſeils
qu'on puiſſe donner à un homme
extrémement amoureux pour détruire la violence de ſa paſſion , celui-ci eſt le plus ſur ; ce n'eſt qu'en
fuïant qu'on remporte des victoires
ſur l'amour, comme la Fable de Da-
phné nous l'apprend , lorſqu'elle fût
changée en Laurier dans la ſuite
des pourſuites d'Apollon. Vous
ſouffrirez quelques jours , mais vous
achepterez un long repos avec une
peine de peu de durée. Pour vous
faciliter vôtre ſuite , occupez vous

de plusieurs differens objets , faites tout ce que vous faisiez lorsque vous n'aimiez pas , & le contraire de tout ce que vous avez fait par rapport à vôtre amour ; & quand vous commencerez à vous trouver tranquille , faites tant de reflexions que vous voudrez , pour vous fortifier contre l'amour , je vous le permets ; mais avant cela , contentezvous de ne plus voir , & de fuïr ; car l'amour ressemble en une chose beaucoup aux scrupules ; c'est que comme eux il s'augmente , ou du moins il s'entretient par les reflexions & les retours que l'on fait pour s'en délivrer.

FLORAME.

Tout ce que vous me dites me paroît assez vrai , je vous avoüe cependant de bonne foi , que je ne ferai rien de ce que vous me conseillez.

ALCIDAS.

Pourquoi ?

FLORAME.

C'eſt que je ne le puis.

ALCIDAS.

Pourquoi ne le pouvez-vous pas ?

FLORAME.

Je ne le puis enfin, c'eſt tout dire.

ALCIDAS.

C'eſt plûtôt, ne rien dire, Florame; vous devriez avoüer de bonne foi que vous ne le pouvez, parce que vous ne le voulez pas; vous ne manquez pas de forces; mais vous manquez de courage pour vaincre des difficultez qui ne ſont point inſurmontables par elles-mêmes; mais ſeulement à cauſe de la lâcheté de ceux qui les devroient combattre.

FLORAME.

Il eſt donc du moins vrai, Alcidas, que je n'ai pas le courage neceſſaire pour cela.

ALCIDAS.

Vous l'aurez, quand vous voudrez ?
ce courage , il depend de vous.

FLORAME.

Cela eſt tres-facile à dire & en
même-temps tres-difficile à executer.

ALCIDAS.

Florame, je raiſonnerai avec vous
ſur cette matiere, quand vous aurez
été ſix mois ſans voir Sylvie.

FLORAME.

C'eſt-à-dire que vous me prenez
pour un homme qui n'entend point
raiſon.

ALCIDAS.

Aprés les ſix mois que je vous demande , vous connoîtrez pour qui je
vous aurai pris , & je ſuis aſſuré, que
vous ſerez de mon ſentiment.

DIALOGUE XCIX.

EUDOXION, THEONTE.

EUDOXION.

VOſtre indifference pour l'éle-vation ne vous eſt pas ſi glo-rieuſe que vous le penſez ; car ſou-vent on ne veut pas ſonger à s'é-lever dans le monde, parce que, ou l'on a l'ame inſenſible aux humilia-tions de la baſſeſſe, ou parce que l'on eſt ſi pareſſeux, que l'on ne peut ſe reſoudre à avoir l'attention & à s'occuper des ſoins & des aſſiduitez neceſſaires pour s'agrandir, ou en-fin parce que l'on eſt ſi ſuperbe, que l'on ne daigne pas ſe mettre par ſes complaiſances, par ſes reſpects & par ſes ſollicitations au deſſous de ceux qui pourroient contribuer à l'élevation.

THEONTE.

Ajoûtez , pour me juſtifier de cette indifference , une quatriéme cauſe, c'eſt-à-dire , une juſteſſe de raiſonnement fondée ſur l'équité qui doit être entre les hommes.

EUDOXION.

Comment l'entendez-vous ?

THEONTE.

Voici en quoi conſiſte ce raiſonnement: ou j'ai les qualitez requiſes & neceſſaires pour m'avancer dans le monde , ou je ne les ai pas ; ſi j'ai ces qualitez , les hommes ne me doivent-ils pas rendre juſtice en faiſant eux-mêmes les premieres démarches, pour me tirer de l'état mediocre où la fortune m'a reduit ? Si je n'ai pas ces qualitez , ne manquerois-je pas de jugement , ſi je faiſois des efforts pour m'élever à un rang , qui m'expoſant aux yeux de tout le monde tel que je ſuis , c'eſt-à-dire , ſans avoir ce qui fait digne de le remplir , me rendroit mépriſable dans l'eſprit de

tous ceux qui seroient témoins de mon
ambition temeraire ?

E U D O X I O N.

Il est facile, ce me semble, de répondre à ce raisonnement. Ou vous
avez les qualitez requises & necessaires pour vous avancer dans le
monde, ou vous ne les avez pas. Cela est tres vrai : si vous avez ces qualitez, les hommes vous doivent rendre justice, dites-vous, en faisant
eux-mêmes les premieres démarches
pour vous tirer de vôtre état mediocre ; cela seroit en quelque façon
vrai, s'il n'y avoit que vous dans
le monde qui eussiez ces qualitez ;
mais comme vous devez-vous persuader qu'il y en a beaucoup d'autres qui sont dignes de la même pla-
te aussi-bien que vous, je ne voids
pas par quel droit vous pretendez
avoir la preference à leur préjudice.
Ajoutez, qu'il ne faut pas faire un
grand fonds sur cette justice & sur cette équité des hommes : chez eux,

La raison du plus fort est souvent la
meilleure.

Et il est presque aussi vrai des grandeurs de ce monde que de celles de l'autre, que les violens les ravissent, *violenti rapiunt.* Il faut de l'action dans cette vie. Ce n'est pas assez d'avoir du merite, il faut avoir dequoi faire valoir son merite, & ce *dequoi* n'est autre chose que les patrons & les occasions que l'on doit chercher : quelque grandeur & quelque élevation d'esprit que vous aiez, vous serez toûjours dans la bassesse, dit Pline l. 6. ep. 23. si l'occasion & un protecteur ne vous aident à vous en retirer.

Si vous n'avez point les qualitez requises pour vous élever, faites tou vos efforts pour les avoir ; ne demeurez point dans une indolence languissante, qui ne marque qu'une lâcheté digne de mépris ; il faut toûjours se proposer la perfection en toutes choses, afin de pouvoir du moins arriver à un milieu raisonnable.

THEONTE.

A ce que je voids, vous étes beau

coup porté pour *l'agrandissement* dans
le monde.

EUDOXION.

Cela est vrai ; mais c'est pour un
agrandissement fondé sur le merite ,
& non pas pour celui qui n'a pour
cause efficace que les fourberies, les
violences , les cruautez , les rapi-
nes, & mille autres moiens fembla-
bles dont l'ufage n'est aujourd'hui
que trop fiequent dans le monde ; &
pour dire de bonne foi ma penfée
là-deffus , j'eftime plus les moiens
legitimes d'obtenir les dignitez, que
les dignitez mêmes ; ce font ces
moiens legitimes , ces moiens juftes
& raifonnables qui font veritablement le merite de ceux qu'on voit
élevez dans les chatges confiderá-
bles ; fans ces moïens, je veux dire ,
fans la probité , fans la bonne foi,
fans la droiture de cœur , tout ce
qu'on appelle *grand* , ne me paroît
que bas , abject , odieux, & entierement méprifable. Enfin quand je
voids un *grand* , je fepare de lui cet
équipage majeftueux, ces riches em-

meublemens, ces complaifances ref-
péctueufes avec lefquelles on le traitte , ces honneurs qu'on lui rend ;
je fepare de lui tout ce qui éblouit,
pour le regarder feul tel qu'il eft ;
& s'il me paroift homme de probité,
homme de bonne foi, homme droit,
homme équitable ; je le loue, je l'admire , je lui dreffe, pour ainfi dire,
un autel dans mon cœur, pour lui
rendre une efpece d'adoration ; fi
au contraire, il eft fans équité , fans
bonne foi , fans droiture ; pendant
que je fuis entraîné pour lui rendre
hommage par un certain devoir qui
regarde fon état , je ne l'honnore
qu'avec chagrin , je ne le regarde
qu'avec indignation , il me fait pitié,
pendant que je refpecte fon élevation , il excite en moi de juftes ref-
fentimens en faveur de la juftice ,
pendant que je me comporte devant
lui avec une humble complaifance.

THEONTE.

Vous êtes donc dans une grande
contrainte.

EUDOXION.

Si je me contrains jufqu'à ce point,
que de témoigner exterieurement des
fentimens fi contraires à ceux de
mon cœur & de mon efprit ; c'eft
parce que nous devons toûjours honneur & refpect à ceux qui font élevez au deffus de nous, quelqu'indignes
qu'ils foient par eux-mêmes de nos
refpects & de nos foûmiffions. Il
faut refpecter en eux leur rang, leur
condition , leur miniftere , leurs
fonctions , leurs Charges ; nous ne
fommes pas leurs Juges , mais ils font
les nôtres ; ainfi ce n'eft pas à nous
à leur faire des procez fur leur conduite , fi elle n'eft pas reglée ; l'ordre de la fubordination , de la dépen-
dance demande ces témoignages exterieurs ; nous ne devons point l'interrompre , quelques reflexions que
nous puiffions faire , fi nous ne voulons pas agir contre la juftice qui
veut que nous rendions à un chacun
ce qui lui appartient. C'eft un zele
tres-indifcret & une efpece d'emportement brutal , que de s'élever con-

tre eux fous pretexte de la connoiffance que l'on a de leurs défauts per-
fonnels ; & fouvent c'eft plûtôt un
efprit d'envie, ou de vengeance, ou
de mauvaife humeur qui engage dans
ce zele indifcret , qu'un veritable
mouvement d'équité; c'eft pourquoi
ces fortes de zeles ne produifent
point d'autre effet, que de faire paffer ceux dans qui on les remarque,
pour des efprits remuans , impatiens,
incapables de fouffrir aucun joug &
tres propres à mettre le trouble dans
les focietez les plus tranquilles ; auffi
voions nous ces fortes de gens per-
fecutez par les Grands, comme des
ennemis temeraires & extrémement
entreprenans ; abandonnez par les
petits, comme des perfonnes , dont la
compagnie peut être tres-dangereufe
dans le commerce du monde ; & enfin craints par tout , comme des
efprits mordans & Satyriques qui ne
ménagent ni fexe, ni état, ni caractere , ni condition.

THEONTE.

Tritomire que vous connoiffez;

beaucoup auffi-bien que moi, eft affez felon ce caractere : j'avois crû aprés la lecture d'un nouveau Livre qu'il a donné au public depuis quelque tems, dans lequel il outre avec la derniere recherche & une exacte regularité une Morale fur une chofe d'une tres petite confequence, j'avois crû, |dis-je, voiant la liberté avec laquelle il s'érige en cenfeur contre des perfonnes d'un caractere diftingué, qu'il étoit auffi regulier qu'il veut que les autres le foient, mais....

EUDOXION.

Ne continuez pas, Theonte; foions plus difcrets & plus charitables que lui. Combattons le mal en ménageant les perfonnes ; faifons la guerre aux vices, pendant que nous avons pitié des vicieux. Corrigeons les autres de la même maniere que nous nous corrigeons nous-mêmes, c'eft-à-dire, en ménageant leur reputation, comme nous avons foin de ménager la nôtre. *Studens correctioni, parcens pudori*, dit un Pere de l'Eglife.

DIALOGUE C.

BELOROND , PHILAMONTE.

BELOROND.

POurquoi êtes-vous si melancholique, mon cher Philamonte ?

PHILAMONTE.

Ce font quelques petites affaires de famille qui me donnent du chagrin.

BELOROND.

Tantôt c'est affaire de famille ; tantôt c'est défaut de santé , tantôt c'est une trop grande application à quelque ouvrage dont vous vous occupez, qui vous rend triste ; avoüez franchement la verité , il y a quelque chose de plus que tout cela qui cause ce grand changement dans vôtre humeur.

PHILAMONTE.

Que feroit-ce ?

BELOROND.

Hé. vous fçavez bien ce que je veux dire.

PHILAMONTE.

Vous en fçavez plus que moi , fi vous en fçavez plus que ce que je viens de vous apprendre.

BELOROND.

Ornaminte eft aimable , il y a quelques mois que vous la voiez avec affiduité , fous pretexte , il eft vrai, de quelques affaires qui ne tirent à aucune conféquence ; avant que vous euffiez fait cette nouvelle connoiffance, vous ne laiffiez pas d'être toûjours fort enjoüé , quoi que vous euffiez de temps en temps vôtre fanté alterée , ou quelque affaire de famille, ou quelque Ouvrage d'application à faire....

PHILAMONTE.

Quoi ? voulez-vous dire que j'ai de l'amour pour Ornaminte ?

BELOROND.

Si ce n'eſt pas de l'amour, c'eſt quelque choſe qui lui reſſemble fort ...

PHILAMONTE.

M'avez-vous veu avec elle ?

BELOROND.

Oüi.

PHILAMONTE.

Avez-vous remarqué l'indifference avec laquelle je la traitte ?

BELOROND.

Oüi, & c'eſt cette indifference affectée qui a commencé à me faire ſoupçonner vôtre amour. Croiez-moi, ce n'eſt pas aſſez de montrer de l'indifference, pour prouver qu'en effet on en a, il faut quelque choſe de plus ; il faut ne point avoir tant d'empreſſement pour rendre des viſites frequentes ; ne pas être ſi triſte que vous l'eſtes, quand vous n'en rendez point ; ne pas faire remarquer de l'embaras, comme j'en ai remarqué en vous lorſque vous êtes avec elle : quand on aime tout parle de l'amour, & en découvre les ſecrets, quelques déguiſemens qu'on apporte pour les cacher.

Sans emploier la langue, il eſt des interpretes

Qui parlent clairement des atteintes ſecrettes,

Un ſoupir, un regard, une ſimple rougeur

Un ſilence eſt aſſez pour expliquer un cœur ;

Tout parle dans l'amour, & ſur cette matiere

Le moindre jour doit eſtre une grande lumiere.

Dans les commencemens de cette paſſion on en fait un myſtere, on ſe
ſert

fert de toutes fortes d'artifices pour la cacher ; on croit en effet que perfonne ne la devine, mais ce font ces artifices mêmes qui la découvrent ; en faifant connoître que l'on fe cache, on fait connoître ce que l'on cache. Enfin tenez pour maxime certaine, qu'il n'y a point de déguifement qui puiffe long-temps cacher l'amour où il eft, ni le feindre où il n'eft pas. Cette maxime a deux propofitions ; la premiere vous regarde à prefent ; la feconde vous regardera lors que vous cefferez d'aimer, car il faut que vous fçachiez, que, malgré toutes les proteftations de conftance que font nos impatiens amoureux, on n'aime toûjours que dans les Romans.

PHILAMONTE.

Enfin vous voulez me prouver que j'aime.

BELOROND.

Il n'eft pas neceffaire que je vous le prouve, vous en êtes affez convaincu.

PHILAMONTE.

Si, au lieu de l'indifference que l'on peut remarquer en moy, quand on

Q

me voit avec Ornaminte, je faifois
voir beaucoup de tendreffe & de paf-
fes par des foûpirs, par des paro-
fions, & dans mes yeux, vous ne par-
leriez pas autrement que vous faites.

BELOROND.

Pardonnez - moi, je dirois autre
chofe ; je dirois que vous l'aimez
& que vous n'êtes pas faché, qu'on
le fçache ; au lieu qu'à prefent je dis
feulement que vous l'aimez fans vouloir le faire paroître.

PHILAMONTE.

Il n'y a que vous qui le croyez.

BELOROND.

Dites plûtôt qu'il n'y a que moy
qui ofe vous le dire, parce que le
privilege de l'amitié qui eft entre
nous m'en donne la liberté ; tous les
autres, ou peu s'en faut, en penfent
autant que je vous en dis. Tout le
monde peut aimer, fçait aimer, &
par confequent perfonne n'ignore les
ftratagemes, les induftries & les fou-
pleffes de cette paffion ; il n'y a aucune
matiere fur laquelle on foit plus éclairé que fur celle-ci ; j'ay veu des enfans de neuf ans y entendre fineffe ;

jugez ce que doivent sçavoir ceux
qui étant plus âgez ont plus d'experience & peuvent faire plus d'attention & plus de reflexions ; ajoûtez ;
que plus on a sujet de croire qu'une
personne se cache, plus on a soin de
l'éclairer ; je connois un homme qui
en est si persuadé, que pour prouver
qu'il n'aime pas, il dit par tout qu'il
aime, il en parle à tous ceux qui y
ont quelque interêt, il outre même
les protestations qu'il en fait, & pretend par cette conduite faire croire,
qu'il n'aime point du tout, ou du moins
fort peu ; quoy qu'il ressente veritablement toutes les violences & toutes les inquietudes de l'amour ; cét
air outré de sincerité & de bonne foy
est cause qu'on fait peu d'attention sur
ses assiduitez auprés de celle qu'il
aime, on croit qu'il aime seulement
pour paroître aimer, & pour se divertir de l'amour même. Voila, comme vous voyez une conduite bien
differente de la vôtre.

PHILAMONTE.

Vous en sçavez bien long sur cette
matiere.

BELOROND.

Je suis persuadé que vous en sçavez aussi long que moy, quelques
efforts que vous fassiez pour cacher
vos connoissances ; vous seriez plus
heureux si vous n'en sentiez pas plus
que moy.

PHILAMONTE.

Mais pouvez vous croire, Belorond, que si j'avois de l'amour, je
voulusse vous en faire un secret ; à
vous qui êtes le plus intime de mes
amis, & pour qui par consequent je
ne dois avoir rien de caché?

BELOROND.

J'avois cru jusqu'à present que si
vous ne me disiez rien de vôtre amour,
c'est que vous vous doutiez bien que
je le connoissois, sans que vous fussiez obligé de me l'apprendre ; car
enfin, ay je dit souvent en moy même,
quelle pensée, Philamonte, peut-il "
s'imaginer que j'aye sur sa conduite, "
lors que je vois que, quoy qu'il "
m'aime toûjours ; cependant il me "
fait rarement compagnie, luy qui "
paroissoit autrefois avoir un plaisir "
sensible lors qu'il s'entretenoit avec "
moy ; il est à present inquiet & abs- "

trait quand la bien-feance le retient "
auprés de moy ; de plus il ne mange "
que dans la plus preffante neceffité ; "
il ne fe divertit que par complaifan- "
ce ; il ne jouë que par force ; il n'eft "
dans les compagnies les plus agrea- "
bles que par contrainte ; il ne fe pro- "
mene qu'avec chagrin , ne dort qu'a- "
vec inquietude ; enfin il voit le plus "
fouvent qu'il peut une perfonne "
tres-aimable ; apparemment , ajoû- "
tois-je , il eft perfuadé que je con- "
nois qu'il aime , il n'eft pas fâché "
que je le connoiffe , & s'il ne me "
le dit pas , c'eft peut-être par une "
difcretion , & par une delicateffe "
d'amour qui eft trés-digne d'un "
honnête homme. Voila, Philamonte,
ce que je penfois de vous ; mais l'entretien que nous venons d'avoir enfemble me donne bien d'autres penfées.

PHILAMONTE.

N'en ayez point , je vous prie, qui
foient indignez de nôtre amitié.

BELOROND.

Agiffez d'une maniere digne de cette même amitié, fi vous voulez que je
ne penfe rien qui luy foit contraire.

PHILAMONTE.

Il est vray, Belorond, j'aime Ornaminte, j'ay differé jusqu'à present à
vous l'avoüer, parce que je vous ay
regardé comme un ami severe , qui
connoissant les peines que fait cette
passion , employeriez toutes sortes
de conseils, de remontrances, & d'autres moiens que l'amitié vous pourroit
suggerer, pour l'arracher de mon cœur.

BELOROND.

Pourquoy voudrois-je vous faire
une si cruelle guerre , si vôtre amour
est legitime ?

PHILAMONTE.

Oüi, Belorond, il est trés-legiti-
me, mais il est en même temps trés-
timide : Ornaminte sçait mon amour,
& l'approuve ; mais de certains respects humains nous empêchent de
nous declarer à ceux qui doivent absolument decider de nôtre sort.

BELOROND.

Et si ceux à qui cette autorité est
reservée, n'aprouvent pas vôtre a-
mour, que pretendez-vous faire ?

PHILAMONTE.

Je ne songeray plus qu'à mourir.

BELOROND..

Oh ! Philamonte , ce n'eſt plus la
mode de mourir d'amour , on en
meurt tout au plus par imagination
dans les hiſtoriettes de Barbin ; mais
ce qui eſt fort à la mode , c'eſt qu'on
ſouffre beaucoup de part & d'autre
dans les ſeparations forcées , & qu'il
reſte d'ordinaire pour partage aux
Ornamintes, aux Doris & aux Sil-
vies une certaine reputation d'attachement qui , quoy qu'elle ne les
faſſe pas paſſer pour criminelles , les
rend cependant en quelque maniere
incapables de contracter mariage avec
d'autres. Je ne voudrois pas en dire
autant à Ornaminte de peur de vous
deſobliger ; je ſouhaiterois cependant
pour vôtre repos & pour le ſien qu'elle y fiſt reflexion. Ne regardez pas
ce que je dis comme une remontrance
d'un ami ſevere ; mais plûtôt comme
un témoignage ſincere de l'attachement que j'ay pour vous , & du deſir
que j'ay de contribuer à vous faire
reprendre la tranquillité dont vôtre
eſprit a toûjours joüi avant vôtre en-
gagement. Si vous aimez veritable-

ment Ornaminte, fongez; je vous
prie, à fes interêts, vous fongerez
en même temps aux vôtres. Adieu, je
vous laiffe avec cette reflexion.

FIN.

Fautes à corriger.

PAge 49. ligne penultiéme, les autres, *lifez* des
autres, p. 55. l. 8. relle, *lif.* telle, p. 64. l. 10. à &.
lif. & à. p. 71. l. 4. ont, *lif.* font, p 76. l. 11. pue, *lif.*
que, p. 77. l. 6. renvoye, *lif.* renvoît. p. 79. l. 9. fair,
lif. faite, p. 86. l. 4. pourvoir, *lif.* pouvoir, p. 87. l.
derniere, de, *lif.* que, p. 88. l. 10. m'en, *lif.* me, p. 90.
l. 3. orades, *lif.* oracles, p. 98. l. 3. leu, *lif.* leur, p. 98.
l. 4. eoient, *lif.* croient, p. 109. l. 3. plus, *lif.* plus, p. 113.
l. 9. nous, *lif.* vous, p. 117. l. 11. pur, *lif.* pour, p. 134.
l. 9. Clirandre, *lif.* Clitandre, p. 141. l. 8. oftez *lif.* p. 145.
l. 5. oftez une virgule, p id. l. 20. qni, *lif.* qui, p. id.
l. 12. regardé, *lif.* regarde, p 146. l. 8. fait, *lif.* faite,
p. 147. l. 3. oftez une virgule, p. id. l. 15. oftez une virgule, p 111. l. 12. grande, *lif.* grande, p. 152. l. 5. oftez
deux points, p. id. l. 18. à, *lif.* avec, p 153. l 24. mettez
un point aprés plaignent. p. 154. l. 16. parce, *lif.* de ce.
p. 157. l. 3. où me, *lif.* où je me, p. 162. l. 11. que de
leur perfuader, *lif.* en leur perfuadant, p. 164. l. 5. une,
lif. un p. 184. l. penult. eû, *lif.* eû, p. 189. l. 1. c, *lif.* des
p. 193. l. 6. des, *lif.* de, p. 194. l'antep. oftez &, p. 196.
l. 15. converfation, *lif.* converfations. p. 204. l. 11. fans
que tout cela tire, *lif.* fans que tous ces reprôches
tirent, p 115. l. 10. fouilleté, *lif.* fouiller, p. 247. l. 8.
eu, *lif.* en, p. 255. l. 19. cette maladie, oftez la virgule,
p. 256. l. 3. qui fot, *lif.* qui foit, p. 250. l. 18. oftez dis.

Contraste insuffisant

NF Z 43-120-14

www.ingramcontent.com/pod-product-compliance
Lightning Source LLC
Chambersburg PA
CBHW050313030726
47505CB00003B/691